Gritos que o silêncio esconde

Editora Appris Ltda.
1ª Edição - Copyright© 2024 da autora
Direitos de Edição Reservados à Editora Appris Ltda.

Nenhuma parte desta obra poderá ser utilizada indevidamente, sem estar de acordo com a Lei nº 9.610/98. Se incorreções forem encontradas, serão de exclusiva responsabilidade de seus organizadores. Foi realizado o Depósito Legal na Fundação Biblioteca Nacional, de acordo com as Leis nos 10.994, de 14/12/2004, e 12.192, de 14/01/2010.

Catalogação na Fonte
Elaborado por: Dayanne Leal Souza
Bibliotecária CRB 9/2162

P436g
2024
	Pereira, Mônica
	    Gritos que o silêncio esconde / Mônica Pereira. – 1. ed. – Curitiba: Appris, 2024.
	       77 p. ; 21 cm.
	
	    ISBN 978-65-250-6216-7
	
	    1. Mulher. 2. Vida. 3. Realidade. I. Pereira, Mônica. II. Título.
	
	                                                    CDD – 305.4

Appris editora

Editora e Livraria Appris Ltda.
Av. Manoel Ribas, 2265 – Mercês
Curitiba/PR – CEP: 80810-002
Tel. (41) 3156 - 4731
www.editoraappris.com.br

Printed in Brazil
Impresso no Brasil

Mónica Pereira

Gritos que o silêncio esconde

Appris editora

Curitiba, PR
2024

FICHA TÉCNICA

EDITORIAL	Augusto Coelho
	Sara C. de Andrade Coelho
COMITÊ EDITORIAL	Ana El Achkar (UNIVERSO/RJ)
	Andréa Barbosa Gouveia (UFPR)
	Conrado Moreira Mendes (PUC-MG)
	Eliete Correia dos Santos (UEPB)
	Fabiano Santos (UERJ/IESP)
	Francinete Fernandes de Sousa (UEPB)
	Francisco Carlos Duarte (PUCPR)
	Francisco de Assis (Fiam-Faam, SP, Brasil)
	Jacques de Lima Ferreira (UP)
	Juliana Reichert Assunção Tonelli (UEL)
	Maria Aparecida Barbosa (USP)
	Maria Helena Zamora (PUC-Rio)
	Maria Margarida de Andrade (Umack)
	Marilda Aparecida Behrens (PUCPR)
	Marli Caetano
	Roque Ismael da Costa Güllich (UFFS)
	Toni Reis (UFPR)
	Valdomiro de Oliveira (UFPR)
	Valério Brusamolin (IFPR)
SUPERVISOR DA PRODUÇÃO	Renata Cristina Lopes Miccelli
PRODUÇÃO EDITORIAL	Bruna Holmen
DIAGRAMAÇÃO	Amélia Lopes
CAPA	Kananda Ferreira
REVISÃO DE PROVA	Bruna Santos

À minha mãe, Helena,
meu grande exemplo de coragem e amor.

À minha irmã, Márcia,
com quem tanto da vida dividi.

A todas as mulheres da minha família,
modelos de força e cuidado.

"E não há melhor resposta

Que o espetáculo da vida"

(João Cabral de Melo Neto)

APRESENTAÇÃO

A ação de escrever é um grito de tudo aquilo que, em nós, por tanto tempo se faz silêncio. Este livro é, portanto, a tentativa de gritar. Não só por mim, mas por todas as mulheres que são forçadas a um doloroso calar. São gritos de dores, de espanto perante a vida, de indignação, de medo, de revolta frente a tantas e tamanhas injustiças, de desesperadas paixões. Escrevo esperando que ao menos um desses gritos fique ecoando na cabeça de alguém que venha a ler as histórias que, por tanto tempo, povoaram o que sou.

Tive a sorte de crescer ouvindo contos de fadas, mas os contos que aqui estão reunidos nada têm de fantasia ou de cores da idealização. São histórias, quase sempre em branco e preto. Pedaços de vidas que juntas formam uma colcha de retalhos. Porque é assim que as vivências são costuradas. Uma estranha linha perpassa os destinos destas mulheres, fazendo-as irmãs, não importando o tempo ou o espaço em que vivem ou viveram. Elas não se conhecem, nunca se viram, não sabem das estradas que cada uma percorreu. Mas se olhassem para trás com olhos atentos, como tão ardentemente desejo que elas também sejam olhadas, veriam as marcas de incontáveis pegadas na mesma estrada que elas percorrem.

Já no início da obra Anna Kariênina, Tolstói afirma que "Todas as famílias felizes se parecem, cada família infeliz é infeliz à sua maneira.". Penso que, em uma sociedade toda feita contra as mulheres, diferentes maneiras de ser infeliz foram inventadas. Continuar existindo é, portanto, uma ousada forma de demonstrar sua força e coragem; sobretudo, é o jeito-mulher de se fazer vida. Mulheres são, com sua ousada teimosia de continuar, fazedoras de vida, por vezes, ralas, esgarçadas, descoloridas. E, ainda assim, vidas.

Não à toa, muitos povos materializavam a fertilidade através de corpos femininos, usando seus atributos físicos (seios, ventre, quadris) como indicadores do materno. Eles sabiam da misteriosa energia contida nestes corpos. A mesma força que as faz deusas da fertilidade, também as faz bruxas, conhecedoras de antigos e eternos segredos, temidas e castigadas. Assim pretendo que sejam as mulheres que se desenham nas páginas deste livro. É preciso olhá-las com ternura e respeito.

Se escrevo como forma de gritar, escrevo também para ouvir o que estas mulheres têm a dizer de suas feridas e cicatrizes, de seus segredos e descobertas, de suas belezas e sombras, de seus amores e desilusões, do que as faz cair e levantar. Escrevo para partilhar lutas, esperanças, ternuras e o eterno aconchego que é ser e se fazer mulher.

PREFÁCIO

Gritos que o silêncio esconde é uma obra que retrata a realidade de muitas vidas nesse mundo de belezas, mas que é também muito cruel, sobretudo com as mulheres e com os mais vulneráveis. E, por falar em mulheres, em cada conto é possível acompanharmos diferentes trajetórias em que elas são oprimidas, violentadas, veem seus sonhos cessados, como também observarmos o quanto elas têm resistido aos sistemas de poder que estruturam a sociedade.

A escritora Mônica Pereira, há mais de 20 anos, leciona a disciplina de Literatura. Em cada aula e em seus escritos, mostra seu amor pelos livros, pelas narrativas de vidas e contação de histórias. Nesta obra, é perceptível o quanto Mônica construiu personagens que falam do que muitas mulheres vivenciam no dia-a-dia e, em alguns momentos, podemos observar que por trás de suas reflexões e seu olhar aguçado sobre a realidade, falam personagens como a Madalena de Graciliano (mencionada em um dos contos) e várias outras que a inspiraram a escrever esta obra.

Como não se indignar com os acontecimentos da vida de Margarida? E mais uma vez lembrar a sociedade machista e patriarcal que oprime as mulheres todos os dias e que as mata. Às vezes, a morte é física, no entanto, em muitas situações, é a morte de direitos, de sonhos, de desejos. Margarida não pôde viver ao lado do grande amor de sua vida, pois as opressões de gênero, classe, e lugar de moradia impediram e traçaram outro caminho para ela.

Ao seguirmos a narrativa de uma mãe e suas vivências com seus filhos, é possível parar e indagar: como não sentir a dor de Maria Célia e pensar que a vida do seu filho Cianinho poderia ser diferente? Que triste ver que assim como muitos outros meninos, ele não teve a possibilidade de dar continuidade ao seu processo de escolarização e transformar sua dura vida pela educação.

Olhando as vivências de Dona Nita, entende-se o quão difícil é dizer que a vida é feita de escolhas. Quem pode escolher? A quem é permitido esse direito? São todas as mulheres que podem escolher como seguir suas vidas? Dona Nita nos faz compreender que os sistemas de poder nos atravessam, deixam para algumas mulheres poucas escolhas, se é que se pode chamar de escolhas. Em outra narrativa, percebemos que "os olhos de Júlia se encheram de conhecidas lágrimas. Ela também sentia fome. Ela sentia muitas fomes". A fome mata, adoece, destitui o ser da sua saúde mental, silencia as pessoas, faz derramar lágrimas e dizer palavras consideradas "sem sentido". Sem sentido para quem?

Ainda podemos acompanhar a emoção de uma jovem chamada Camila, no museu, e por alguns instantes nos imaginar no mesmo espaço contemplando obras de artes. A jovem não era habituada a frequentar museus, mas ficou profundamente tocada olhando para uma tela de Portinari que diz tanto sobre a miséria do mundo. Camila se sentiu transformada, deixando o desejo de que jovens e pessoas de todas as idades possam, em contato com a arte, transformarem-se, ver o essencial.

Penso que as leitoras e leitores poderão sentir um alívio quando perceberem que algumas das mulheres desta obra conseguiram resistir às opressões impostas a suas vidas e mostraram que não estão reconciliadas com o opressor: "Experimentou a dor e a força de ser Maria". Assim como tantas Marias que fazem de suas dores motivos para enfrentar a vida, pois de algum modo encontraram meios para lutar e esperançar.

Maria, Margarida, Maria Célia, Júlia, Dona Nita, Camila, Luísa, Leninha são só algumas das personagens que podemos encontrar neste livro. São muitas as reflexões possíveis de serem realizadas a partir de cada conto e história narrada. Creio que cada leitora e leitor, através desta obra, poderá romper com os limites de tempo e espaço.

Talvez, indignando-se com os desfechos, sejam levadas a desejar outros caminhos para as personagens, sonhar junto com as mulheres, emocionar-se. E construir boas reflexões, pois: "As verdades grandes não são gritos, vêm em palavras bem baixinhas".

Leiamos.

Roseane Amorim
Professora de Psicologia - UFRPE

SUMÁRIO

RESPOSTA 17
VERDADES 19
HISTÓRIA DE HONRA 22
ENCONTRO MARCADO 26
UNS OLHOS VERDES 28
SEPARAÇÃO 31
FRAQUEZA 33
MENSAGENS 35
MELHOR TIRAR 38
ESCOLHA 41
CONSOADA 46
MISÉRIA 49
DE VOLTA PARA CASA 52
DESCOBERTAS 58
UM BOM MENINO 62
UMA HISTÓRIA 66
SENSAÇÕES 70
    Sensação de estar viva 70
    Sensação de ser livre 71
    Sensação de poder 71
ROSA BRANCA 73
SER MARIA 75

RESPOSTA

- Não. Não encontrei qualquer vestígio.

Foram apenas estas as palavras daquele homem. E, no entanto, dentro dela, não muito distante da superfície do ser, eram estas palavras um discurso povoado de muitos outros nãos.

Abriu a porta do carro. Entrou e não quis abrir a pasta que trazia na mão, jogou-a no banco com toda a inutilidade de que agora se revestia. Recostou a cabeça em seu banco, fechou os olhos e sentiu duas lágrimas que se libertavam aproveitando um momento de permissão.

Nem um vestígio? Nem da esperança que sentira? Nem do desejo que a tomara? Nem do medo? Como assim nem um vestígio?

Um barulhinho de metal batendo em vidro a fez abrir os olhos. Assustou-se ao ver um rosto velho e feio de uma mulher, que parecia louca, colado à janela de seu carro. Pedia dinheiro. Aborreceu-se. Teve vontade de gritar que a deixasse em paz, que a deixasse em paz, que a deixasse em paz.

Não, não gritou. Fez tão somente um gesto. A outra entendeu e foi embora dizendo algo. Velha louca e atrasada em suas pragas. Não via que já lhe disseram antes?

Olhou para frente e viu a igreja com as portas fechadas. Havia planejado entrar e agradecer ou pedir consolo. Deus não parecia muito disposto a colocá-la no colo. Alguém fechou a porta antes. Sua tristeza era só sua, gritou-lhe uma voz em seu íntimo.

Já agora em casa, recordou, em detalhes, todo o passado que não viveu e lembrou com tristeza o futuro que não experimentaria... Tristemente.

Não quis chorar. Apenas soluçou sem lágrimas... Ardentemente.

E num instante sentiu seu corpo se contorcer e diminuir... Dolorosamente.

- Ei, me dê uma moeda. – Deve ter dito a boca sem dentes da velha, cujas palavras encontraram o vidro da janela do carro e não tiveram força para ultrapassá-lo. Mas que chegavam agora a sua cabeça, assustando-a mais uma vez.

A Vida, (velha) desdentada, batia em sua janela e pedia-cobrava uma moeda. Feia cobradora não percebeu que já carregava a moeda entre os dedos? Com mãos enrugadas de quem já conhece todos os caminhos não lhe tirara das entranhas a negação como pagamento de uma antiga dívida? Não eram as palavras escritas nos papéis daquela pasta o seu recibo? Por que então ainda saíra repetindo-as ao se afastar do carro?

Abriu os olhos. E, dali de seu quarto, olhou as portas fechadas da catedral de seus sonhos. Lugar sagrado onde não permitira que ninguém pisasse e que, agora, nem para ela se abria, porque ali alguém tão desprovido de ilusão não era bem-vindo.

Recuou então... Pesadamente. E sentiu-se cair em sua cama.

Dormiu. Mais por fraqueza do que por sono. E no breve sonho que teve, o seu rosto feio, velho e de boca desdentada colava-se ao vidro da janela do carro da vida, implorando uma só moeda, jurando que dela poderia fazer o seu tesouro. A vida-fêmea, com marcas de quentes lágrimas no rosto, olhou-a como que assustada e ofereceu-a uma ensaiada negativa. Então se afastou, balbuciando palavras que a vida, sendo mulher, já guardava dentro de si e que ela lera em seu rosto, nas letras que duas lágrimas, que se libertavam aproveitando um momento de permissão, escreveram... Secamente.

VERDADES

O teto não tinha laje. Nunca morou em casas com esses luxos. Não lhe faziam falta. Ficou olhando para as telhas. Poderia contá-las se quisesse. E se pudesse. Mas não podia. A vista logo cansava, as imagens pouco a pouco sumiam e ela fechava os olhos. Naquele momento, porém, seus olhos fixaram-se no telhado. Ela pôde distinguir os tons de vermelho, laranja, areia e marrom de cada telha, bem como alguns de seus detalhes. Não sabia explicar como, mas já não eram as telhas de sua casa. Não as da casa de agora. Eram as da casa de sua juventude, onde acordara no dia de seu casamento e para as quais ficou olhando quando despertou cedo e muito ansiosa. Naquela manhã, já agora distante, também ficara olhando o teto, mas não vira suas cores ou desenhos.

Viu-se vestida em seu vestido branco de noiva. Sorria. Assustada, viu as manchas que estavam no vestido. Como não vira naquele dia? Como ninguém pôde ter visto se eram tantas? O mesmo vestido que achara tão bonito, só agora percebia como roto. Mas isto também ninguém vira, ou quem viu se calou. Quis limpar tão feias manchas. Percebeu então que não eram do vestido, e sim no vestido. Eram manchas de... de que mesmo? Havia outras moças ali no quarto. Não as reconheceu. A custo é que se reconhecia. E ao olhar o próprio sorriso, que não era mais seu, foi tragada para uma outra realidade que não pôde existir.

Viu-se cuidando de uma casa limpa, em que tudo parecia em ordem, para onde voltava todas as noites um marido cansado e bom, com a camisa sempre com as mesmas marcas de suor e de um trabalho pesado. Era o pai que tinha mão pesada demais para fazer carinho, mas que protegia e orientava suas filhas. As suas filhas. As meninas que ela amamentou, cuidou, educou. Eram moças agora. Tantas vezes questionavam as ordens do pai, sem, no entanto, desobedecer-lhe porque o amavam e respeitavam muito. E não queriam causar desgostos à mãe. Viu o rosto sereno das filhas e equilíbrio em seus olhos. Podiam caminhar sozinhas quando chegasse a hora. Pequenos sonhos do casal realizados, outros projetos se construindo. A vida, ainda que difícil, era boa. Era vida.

Uma dor aguda e bem conhecida a trouxe de volta para o seu quarto onde um cheiro acre de doença misturava-se ao odor de remédios. O quarto não era claro como o da casa que vira há instantes. Sentiu a presença da filha que estava sentada em uma cadeira ali no quarto. Não precisou olhar para saber que em nada parecia com as moças que vira. Sentiu uma enorme vontade de chorar. Chorar muito de saudade daquela vida que nunca foi sua, da vida que se perdeu em algum momento da sua existência sem que ela percebesse ou chegasse a viver. Deixou escapar um gemido que a filha entendeu como sendo de dor. E era. De uma dor aguda na alma.

- Mãe?

Um resmungo que nada disse foi sua resposta. A moça olhou-a confusa, com um misto de piedade e tédio. Voltou para a antiga posição na cadeira e às imagens do seu celular. Ficou ali em seu mundo de tanto vazio. Na tela do aparelho, imagens que a distanciavam da mãe agonizante. Até que ouviu mais um gemido e viu a mão que tentava fazer-lhe um gesto. Virou-se um pouco na cadeira para chegar mais perto.

- Escute...
- Tô ouvindo.

Sentiu tanta, tanta vontade de falar para a filha, sua caçula, das manchas que a vida deixa nos sonhos brancos de um vestido de uma moça que um dia acorda sorrindo...

Cansaço.

Tentou mais uma vez. Precisava dizer das telhas que não protegem...

Confusão.

Quis que a menina soubesse dos sonhos e sorrisos que se desfazem...

Dor.

Duas lágrimas saíram dos seus olhos, mas eram também muito frágeis e não percorreram longo caminho. Tudo nela agora era muito pouco. Só as dores se multiplicavam. Precisava dizer tudo aquilo à filha. Era necessário ensinar-lhe, orientá-la. Precisava. Precisava.

Com a mão, tocou a perna da filha e fez sinal que aproximasse a cabeça para ouvir. E assim transformou o que lhe restava de vida em palavras sussurradas. Falou de vestidos brancos, de telhas, casas limpas e maridos sujos, de filhas e de projetos não sonhados. Das manchas do seu olhar. Depois calou-se.

Quando a menina com olhar perdido saiu chorando do quarto, houve uma súbita movimentação na sala e se ouviu outros choros e soluçar.

- Mãe falou comigo, disse umas palavras. Mas eu não entendi nada. Falou muito baixo.

Uma velha que não se movimentara e nem chorara foi a única a ouvir a menina. E com o olhar perdido nas manchas que tornavam ainda mais feia uma parede murmurou:

- As verdades grandes não são gritos, vêm em palavras bem baixinhas.

Mas estas palavras ninguém também escutou.

HISTÓRIA DE HONRA

Encostado no tronco de um cajueiro, Jerônimo acendeu o cigarro de palha e voltou a olhar o enterro que passava na estrada lá embaixo. Sentiu algo estranho. Não sabia explicar e ainda bem que não precisaria. Nenhuma alegria, nem remorso, nem tristeza. Apenas algo estranho, cujo nome não conhecia. Sabia apenas que fizera o que precisava ser feito. E olhava com satisfação o movimento lá embaixo. Não precisava tanto por um defunto ruim. Apertou os olhos e fixou o olhar no caixão. Cuspiu.

- Nunca mais vai desonrar a irmã de ninguém. Cabra safado. Mereceu sim. Três tiros bem dados. Mereceu. Cabra safado dos infernos!

O balanço ritmado da cadeira parecia acompanhar os pensamentos do velho, em um ir e vir infinito. Pensava com raiva na filha que lhe causara aquela decepção, difícil esquecer a vergonha. Pensava no filho. Não foi errado vingar a honra da irmã. Não era o que se esperava de um homem de verdade? Mas não precisava sujar as mãos. Tanto cabra que podia fazer o serviço... Pensava na própria vida. Sempre fora um homem honrado e agora aquela vergonha! Novamente pensava com raiva na filha. E, de novo, pensava com preocupação no filho. Sujar as próprias mãos foi besteira. Tanto cabra ali mesmo no sítio para fazer este serviço. E pensou na própria honra. Sempre fora um homem honrado e agora aquela vergonha!

A cadeira rangia. O resto da casa guardava um silêncio respeitoso, mas não era respeito ao morto. Não merecia respeito quem desrespeitava a filha de um homem honrado. Isso ninguém dizia. Não precisava.

Margarita já estava trancada naquele quarto há meses. Também se recusava a tirar o vestido estampado com florezinhas vermelhas que usava quando recebeu a notícia. Sua vida parara. Se autocondenara à reclusão, à total falta de vaidade, à anulação de si e de tudo. Era, também, o seu jeito de castigar o pai e o irmão que se tornara um assassino ao matar o homem que ela tanto amava. Não pudera enterrar-se com ele no mesmo túmulo. Enterrara-se em casa, do seu jeito. E sofria, sofria.

Nas paredes do quarto, o dia e a noite se faziam registrar pelas alternâncias de luz e sombra. Sua mãe entrava, deixava as refeições, falava alguma coisa, olhava com ar desolado a filha e saia. Os sons da casa também entravam. No início, o ranger da velha cadeira de balanço, interpretando pensamentos repetidos, e sussurrar de vozes medrosas que temiam o futuro, mas, principalmente, o presente feito da frieza de um rapaz que por orgulho matou outro e da determinação de uma moça que se trancara em um vestido dentro de um quarto que só deixava para ir ao banheiro bem tarde da noite, quando todos já dormiam, ou tentavam dormir.

A mãe envelhecera bem mais que um ano naqueles doze meses. Naquela casa de quarto-túmulo, era ela que sofria com todos e por todos. Sofria pelo marido que vira sua honra manchada pelo erro da filha. Sofria pelo filho de silenciosa teimosia que agora era apontado nas ruas como assassino, palavra tão feia para o seu menino. Sofria principalmente pela filha. Sempre fora tão bonita, tão cheia de vida e com todas as vaidades de moça. Como doía vê-la agora presa naquele vestido que há um ano não trocava.

    Percebera os sinais do namoro. A alegria no rosto afogueado, os sumiços durante o dia, o conversar baixinho com as amigas, os aparecimentos do rapaz no sítio por qualquer motivo e, às vezes, sem motivo algum. Não viu razões para preocupação. Margarita era assim, menina que gostava de pescar os olhares dos homens para testar sabe Deus o que. Entendeu que dessa vez era sério quando viu um brilho diferente nos olhos castanhos de malícia, promessas e desejos que se desenhavam no sorriso de menina que desafiava a vida... Pobre filha aquela trancada há um ano. Tornou-se tão triste, feia e magra. Desaprendera sorrir, conviver.

    Colocou a panela no fogo e foi até a porta. Olhou a vastidão de terras cobertas de verdes de muitas tonalidades, o céu muito azul e sem nuvens, a estrada que podia levar a tantos e distantes lugares. Não precisava ser assim. Se ao menos, naquela casa, escutassem o que ela dizia. Ora essa!!! História de honra! A filha não era a primeira moça a dar um mau passo e nem seria a última. Tivessem feito casar. O rapaz aceitaria. Aqueles que falassem de Margarita a veriam entrando na igreja de branco (de branco sim!) e saindo casada. Teriam que se calar. Mas não a ouviram e se fez aquela desgraceira. Também Jerônimo não era o primeiro a lavar a honra da família com sangue.

    Um rapaz passou tangendo uma junta de bois e mesmo de longe, ao vê-la, tirou o chapéu velho para cumprimentá-la. Era Cícero, um pobre-diabo que trabalhava no sítio e que, como os outros, falava muito pouco e sempre de olhos baixos, só os levantando para um cumprimento respeitoso e os baixando logo em seguida.

- Quem iria querer casar com Margarita agora? – Ouviu-se dizer baixinho.

    Que rapaz de boa família aceitaria casar com uma moça desonrada no corpo e no nome e que ainda carregava uma mancha de sangue na história? Havia ainda a crueldade do povo que agora chamavam Margarida de louca. Não era loucura, era tristeza. Uma tristeza que crescia, crescia e envolvia tudo.

O relógio marcava onze horas quando Margarida e Cícero saíram de braços dados da igreja já casados. Algumas nuvens no céu imitavam o branco do vestido de Margarida. Na praça, muitos curiosos olhavam, comentavam baixinho. Umas já não tão moças sentiam-se injustiçadas, elas tão e verdadeiramente puras não vestiam o branco vestido, elas sem mácula e sem cheiro de sangue.

- Malditos sejam para sempre! – Do outro lado da praça, a voz entredentes de uma mãe de filho morto saía cheia de ódio e indignação.

Uma frase apenas sussurrada, mas que, de alguma estranha e inexplicável forma, chegou à porta da igreja e produziu um arrepio na noiva Margarida, que naquele momento sorria timidamente para aquele noivo que seu pai lhe arranjara e ela aceitou. Sentiu o arrepio que percorreu seu corpo e pensou com desprezo naquela gente que enchia a igreja, como convidados, e a praça, como curiosos. Todos falaram, condenaram, riram, apontaram. Pois agora que vissem ela, Margarita, de braços dados com um belo noivo (pobre, que fosse) saindo de branco da igrejinha da cidade.

A festa que seu pai mandou preparar iria silenciar qualquer comentário maldoso, pois todos falariam da grandeza, da fartura, da música, da alegria dos noivos, da satisfação da família. Os convidados espalhariam os detalhes, os risos, a comilança, o orgulho dos pais e irmãos, o olhar sério e carinhoso do noivo. Aos que não foram convidados, restava a inveja por não fazer parte de tão memorável momento.

ENCONTRO MARCADO

A Maria Rejane, que soube ser água.

Abriu os olhos sem pressa, como quem puxa devagarinho a cortina para que o sol entre timidamente. Não havia sol. A luz que banhava o salão vinha das muitas e fracas lâmpadas do teto. Fechou os olhos e os abriu em seguida para confirmar que era verdade, estava mesmo ali. Silêncio. Olhou em volta tentando reconhecer os rostos que enchiam aquela sala. Alguns já lhe eram bastante conhecidos. Mas não reconhecia outros. Novatos. Companheiros agora. Estavam todos ali, partilhando o mesmo momento.

E, de alguma forma, ela sabia que aquela seria a noite do grande momento. Sentiu um arrepio. Medo? Mas por que o medo? Há tanto tempo sabia desta noite, deste encontro tantas vezes adiado. Procurou com o olhar uma janela. Sabia que a noite lá fora estava cheia de estrelas. E mais uma vez fechou os olhos, como que para tomar coragem. Sentiu a boca seca. Veio-lhe a lembrança de um riacho da sua terra, aquele mesmo riacho por onde tantas vezes passava e em cujas águas muitas vezes molhava os pés para se refrescar. Mas nunca bebera de suas águas, não as considerava suficientemente limpas. Esta lembrança, se não saciou sua sede, ao menos desenhou em seus lábios um breve sorriso. E mais uma vez ouviu o barulho da água correndo, correndo. Para onde iria aquela água que não parava nunca?

Abriu os olhos. Só agora percebeu que ele já estava na sala. De pé, ombro encostado na parede, pernas cruzadas, mãos nos bolsos. Não parecia ter pressa. Parecia muito concentrado em... Em que mesmo? Em esperar? Em esperar. Parecia tão calmo, tão compreensivo. Então, por quê?

- Então, por quê? – ouviu seus lábios balbuciarem.

Ele também parece tê-la ouvido, pois levantou a cabeça suavemente e olhou-a. Olhou-a com aquele olhar sério e profundo que ela já tinha visto antes. Onde mesmo? Não se recordou. Sabia apenas que já o vira. Olharam-se como velhos conhecidos. Esperou que ele dissesse algo. Nada. Ele baixara novamente a cabeça e continuava concentrado em sua espera.

"Pois que esperasse!!" Foi o que teve vontade de gritar.

Teve muita vontade de gritar. Mas não gritou. De repente, sentiu dentro de si um imenso silêncio. Uma quietude que convidava a pensar nos planos que fizera, nos sonhos que precisou esquecer, no riacho-vida-que-vai sem nos dizer para onde, matando sede, refrescando pés, arrastando pedras. Mas o cansaço que sentia naquele momento não era das pedras que precisou arrastar. Era mais da água que deixou de beber...

Percebeu que agora ele estava ali ao seu lado. Não ouviu os seus passos se aproximando. Sabia que naquela noite ele veio por ela. Olhou mais uma vez seus olhos sem brilho, apenas serenos, e entendeu que durante toda a vida foi a água de um incansável riacho. E sorriu ao lembrar as plantas que molhou, a terra que deixou marcada e os pés que refrescou. Sim. Sabia que foi água, seu destino agora era, pois, a imensidão. Deixou-se inundar por uma profunda paz.

Ele não precisou esperar mais. Pegou-a nos braços como um noivo carinhoso e ela se deixou levar. Em algum lugar, as notas de uma canção pegavam carona no vento, mas ela não chegou a ouvi-las. Para aquele encontro, a tanto tempo marcado, não havia se escolhido nenhum fundo musical.

Silêncio...

UNS OLHOS VERDES

Primeiro os disparos. Três.
- Isso foi barulho de tiro?
Depois o silêncio da rua.

Com a sua larga experiência de menina de quinze anos, ela sabia que naquela rua era sempre assim. Esperou um pouco mais. Ainda silêncio. Só mais um pouco e então se ouviu o barulho de muitas pessoas correndo e vozes que anunciavam o já esperado, a morte de um homem ali na esquina. Muniu-se de coragem e acompanhou os outros curiosos, sob os protestos da mãe. Mas agora, ela sabia, já não havia perigo.

No entanto, parou de repente ao ver um corpo inerte e o sangue que dele escorria formando inexplicáveis desenhos. Deu mais alguns passos e olhou atentamente como quem precisa se apropriar de uma realidade e nada pode deixar escapar.

Os pés calçados em um sapato ordinário descansavam de seus últimos passos. Uma perna mantinha-se teimosamente estendida, enquanto a outra covardemente se dobrara durante a queda e assim ficara. A camisa branca não trazia, na parte da frente, nenhuma marca vermelha, desmentindo o sangue que escorria por algum buraco feito nas costas. Ingênuo disfarce que nada mais podia esconder.

Seu curioso olhar subiu pelo pescoço de tantas palavras que ficaram sem ser ditas. Olhou, enfim, o rosto. O queixo de homem, a boca silenciada, a barba pontilhando o rosto. E os olhos. Verdes. De um verde intenso. Olhou sem medo e sem pressa aqueles olhos parados, de olhar verdadeiramente perdido. Tão verdes, tão verdes...

Mas ela nada sabia do que tinham visto aqueles olhos, da claridade que os ofuscara, dos medos e prazeres que os fecharam, das surpresas que os fizeram piscar nem das alegrias que lhes deram brilho. Sabia tão somente que eram olhos verdes... tão belos...

Deixou seu olhar pousado no verde daqueles olhos. E viu, por um instante tão breve, tão indizivelmente breve que poderia se confundir com o não existir, um brilho (quem o saberia?) de um resto de vida ou de início de morte. E sem nada mais procurar entender, ela simplesmente olhou.

Eram verdes os belos olhos que tão atentamente olhavam os seus. Seu corpo estava inerte e ele já não sentia nada. Nem dor, nem frio, nem medo, nem o sangue que fugia do seu corpo e se espalhava como buscando uma forma nova de ser. Sentia apenas um calor de um olhar que pousava nos seus olhos. E ficou um pouco mais para ver os olhos de uma menina. Eram olhos verdes, lindos e cheios de vida.

Assim, mergulhando naquele verde olhar, pôde ver, na claridade ofuscante do céu azul, o seu colorido papagaio que subia alto, alto, alto, como que procurando aquela estrela cadente que ele vira uma noite, fazendo seus olhos piscarem numa mistura de surpresa, fascínio e medo daquela estrela que ousava descobrir novos espaços. Mas ao invés de uma estrela errante viu a mulher que primeiro se despira para o menino que um dia fora, a dona do corpo que fizera seus olhos se fecharem de gozo... Viu ainda, nesta tão singular mistura de imagens e tempos, o carrinho de madeira que o padrinho um dia lhe deu de presente, fazendo seus olhos brilharem com a alegria que só a meninice conhece.

Suas lembranças condensaram-se em um brilho tão breve que só quem tivesse os olhos mergulhados nos seus poderia perceber. Tão fugaz este brilho, tão fugaz a vida. Mas isso a menina ainda não sabia. Há aprendizagens que só o tempo ensina.

Alguém se aproximou e, com determinação e piedade, fechou-lhe os olhos. Agora nada mais podia ver ou sentir. Era, enfim, a morte esta escuridão.

SEPARAÇÃO

A porta se fechou com um ruído leve. Seu mundo desabava sem barulho. Vazio. Aguçou mais os ouvidos para ouvir o silêncio de tudo. Tudo era, na verdade, o tão pouco ao seu redor. Olhou e seus olhos confirmaram este pouco no registro da visão do quase nada que lhe restara. Separação era isto mesmo? Era este vazio por dentro e por fora? Este silêncio gritante? Esta agonia de ser. Ser o que mesmo? Ninguém respondia. Silêncio, vazio, porta que se fecha, ser...

Fechou os olhos e viu-se criança, em um sítio tão distante, catando uns cajus cujas castanhas venderia para ajudar no próprio sustento. Naquele pedaço de terra escondido sob as folhas caídas de tantas árvores, um silêncio povoado de cantos de cigarras e pássaros ocultava outras perguntas. A menina de pele preta, de cor igual a tantas outras que por ali viviam, subia em árvores altas e de galhos finos, sem medo, e os balançava como quem balança a vida, forçando-a a derrubar algum fruto. As árvores-vida tinham seus caprichos e nem sempre doavam muito de si. E a menina de pele, agora ainda mais escura pelo sol, seguia, ora brincando querendo enganar a vida, ora fazendo caretas para quem lhe olhava feio. E balançava árvores, balançava o corpo, balançava a cabeça tão cheia de perguntas que, como os cajus que catava, um dia amadureceriam.

Mas agora era só silêncio. Um silêncio cheio de ruídos.

Subitamente abriu os olhos assustada. Ouviu a voz alta de alguém que chamava uma criança. Ouviu também o barulho de um carro e um assovio. De novo a voz que chamava a criança e outro carro que passava. O assovio, entretanto, não se repetiu. Na verdade, ela sabia que há coisas que não se repetem e se não colocamos outras em seu lugar fica um imenso vazio...

Por isto mesmo seguramos com tanta força que chegamos a cortar nossas mãos. Pelo medo do vazio. Pela certeza do nada que ficará.

Olhou em volta. Não gostou do modo como a filha arrumara os móveis. Empurrou o sofá para outro canto da minúscula sala. Sentou-se e não gostou de nada do que viu. Melhor fechar novamente os olhos. Percorreu os espaços vazios de sua vida que em vão tentara ocupar: o espaço deixado pela falta de amor do pai, o espaço feito de gritos da mãe sempre tão bruta, aquele que se fizera lentamente de traições e mentiras do marido.

Desejou ver repetidos os intervalos entre tantos nãos. O sim do seu casamento, o exame positivo de sua gravidez, a afirmação da família que crescia, a construção da casa, a compra do carro... mesquinhas felicidades que faziam esquecer, por momentos, tantos vazios.

E de olhos também vazios balbuciou, lentamente, a palavra:

- Separação... se-pa-ra-ção... se... para... se...

E *se*?

E para que?

Seu pensamento estancou no *se*. A vida nunca lhe oferecera muitos. Agarrou-se sempre ao que era, sem esperar a oportunidade do *se* que se esquecia sempre de chegar. Talvez por isso não conseguia agora pensar em outras possibilidades de ter sido. Sua cabeça só sabia do que foi. Do que foi para sobreviver, do que foi para arrastar aquele casamento, do que foi para perdoar tantas, tantas vezes, do que foi para tantas vezes suportam mais do que podia.

As paredes estavam pedindo uma nova pintura. Em um dos cantos a tinta saíra formando um desenho estranho. Uma boca feia que em silêncio dizia alguma coisa, contava algum segredo. Ficou olhando, olhando. Que silenciosas palavras diziam a boca feia da parede?

Não quis ouvir.

Depressa pegou o controle e ligou a televisão. Propaganda. Mentiras. E, de repente, a barulhenta alegria da televisão a fez chorar. Eram tantas mentiras!

E chorou mais... por todas as mentiras que deixaram de lhe contar.

FRAQUEZA

"Como podia ser tanta fraqueza?" Pensou pela centésima vez.

Árvores, casas e bichos, talvez também algumas pessoas, passavam rapidamente. O carro em movimento. Tudo se movia. Só a sua vida não fazia qualquer movimento adiante. Dessa vez tinha chegado mais perto do que nunca de uma mudança. Uma mudança definitiva. Mas ali estava. Voltando. Sempre voltando. Talvez nem mesmo tivesse saído. Foi tudo um sonho. Isso mesmo: um sonho. Um dia também tivera outros sonhos. Tão distantes! Casamento feliz. Família com filhos sorridentes. Ser muito, e para sempre, amada. Fora? Quanto de cada sonho temos o direito de realizar? Não sabia. Não fora criada para realizar sonhos. E os pequenos, seus filhos? Por eles voltara. Tinha mesmo que voltar. Mas... e ela?

O carro fez uma curva. Sentiu o outro corpo encostando-se ao seu. A pressão contra os seus músculos não lhe causou desconforto. Não era assim mesmo que se sentia desde que saiu da casa de sua irmã? Deixou-se ficar ainda mais encolhida. Só agora percebeu que a cabeça doía. Talvez pelo imenso esforço que fazia para não chorar. Adiantava chorar? Quantas vezes chorara antes! Adiantou? Nada! Nada!

Outra curva. Cuidou para que seu corpo não se encostasse ao outro. "Droga de estrada com tantas curvas que sempre leva para o mesmo lugar." Fechou os olhos. O mesmo lugar! O mesmo tudo. E ela? A mesma? "Quem sabe não foi melhor assim? Era mais seguro. Ora! Já estava mesmo muito acostumada. Mudar para quê?"

Dentro dela uma vozinha tímida respondeu: "Para ser."

Pena ela não conhecer aquela Madalena de Graciliano. Saberia, então, que certas coisas não mudam nunca, mas sempre podemos nos tornar o centro da narrativa. Não. Ela não conhecia. Conhecia, sim, histórias de outras mulheres tão parecidas com a sua. Marias, Joanas, Veras, Sílvias... Diferentes nomes. A mesma história.

Outra curva. Se pelo menos morresse... Não. Não morria. Não podia morrer. E os pequenos? Tão pequenos! Sentiu uma imensa vontade de abraçá-los, apertá-los em seus braços, dizer-lhes que ficaria tudo bem. Ficaria? Não sabia. Novamente aquela sensação de vazio. A vida mesmo tão cheia de nãos, de voltas, de medos e indecisões, por vezes parecia imensamente vazia...

Finalmente o carro parou. Desceram. O outro pagou as passagens e o veículo se afastou. Uma mãozinha, tão pequena, segurou a sua. Novamente a vontade de chorar. Como podia proteger se tudo o que queria era uma mão para também segurar? Era sentir-se também protegida. Ora, de que reclamava? Estenderam-lhe a mão e o que fizera? Se ao menos tivesse tido coragem para resistir, para gritar que não queria mais aquela vida, aquele sofrimento... Não teve.

Uma voz infantil perguntou-lhe algo. Não entendeu. A outra voz respondeu. A mesma voz que sempre afirmava, cortava, machucava com seus tons baixos, quase sussurrantes. Dentro de si, dezenas de vozes falavam ao mesmo tempo: questionando, negando, aconselhando, repetindo, repetindo, repetindo.

Precisava apertar o passo, seguir em frente (o que naquele momento era voltar). O sol queimava a pele e a vontade; o suor já escorria por seu rosto; o caminho íngreme exigia muito das pernas, mas ela nada sentia. Todos os seus sentidos pareciam recusar-se a este recomeçar contínuo.

Só então percebeu que o outro falava. Os meninos seguiam em silêncio. Ninguém respondeu. "O que estava dizendo mesmo? Dirigia-se a ela?". Continuou calada. Um balido triste de um bode foi o único som que se ouviu, além dos passos que diziam ao chão daquela volta que se repetia.

Silêncio... e tanta coisa que queria dizer.

A porta se abriu e, no mesmo momento, o mundo de tão encolhido sufocou suas dores e desejos. E ela sentiu-se diminuir, diminuir, diminuir num espaço de silêncio e solidão.

MENSAGENS

Alice sentou-se. Fechou os olhos e respirou profundamente. Sabia que aquela seria a mais fria noite de sua vida. Estava morto o seu menino. Morto o seu tão amado filho. Restava-lhe apenas esperar que lhe trouxessem o seu corpo. Esperou ainda de olhos fechados. De nada adiantaria abri-los. Tudo era a mesma escuridão.

Ouviu passos arrastados. Reconheceu logo o som dos passos e o cheiro de alfazema. Há quantos anos não sentia aquele cheiro! Era o cheiro do seu primeiro grande amor. O seu primeiro marido. Teve ímpetos de correr ao seu encontro e se abrigar em seus braços como tantas vezes fizera no passado. Mas lembrou que ele estava morto. Então como podia estar ali? E estava. Aqueles olhos fitando-a. Percebeu, no entanto, a falta do brilho de outros tempos.

- Enquanto o fruto brotava, a árvore descobriu suas flores. Agora que cai, pode-se ver as sementes. – Disse ele como se continuasse uma conversa há muito interrompida.

Ela já ia dizer-lhe o quanto sofreu com a morte dele. De todo o pranto e daquela dor que parecia esmagar o seu peito. Queria contar das tantas horas de tão profundo sofrimento e do cinza de que se pintou tudo a sua volta. Quis mesmo falar do medo que sentiu ao constatar que teria que criar o filho sozinha... Seu menino que agora também se fora. Mas antes que pudesse dizer qualquer palavra ele levantou e foi embora. E, de novo, sem se despedir. Apenas pousou os seus olhos (aqueles olhos que tanto, tanto amou!) nos tristes olhos daquela mulher que bem conhecia o sofrimento.

Ainda fez um gesto com a mão... era tarde. Ele se fora. Tão rápido... e ela não soube se o gesto foi de agora ou daquele outro triste dia.

Alguém estava sentado perto dela. E tão perto que podia tocá-la. E Alice não precisou virar o rosto para ver. Já sabia, de alguma forma sabia que era Jorge, seu segundo marido. Ali estava ele, silencioso como era o seu jeito de ficar. As mãos cruzadas sobre as pernas afastadas. Parecia que nunca houvera saído dali e, entretanto, ele também estava morto há mais de vinte anos.

Alice notou um antigo gesto daquele homem que um dia também amou. Ele costumava colocar as mãos cruzadas sobre as pernas que balançavam num leve movimento de abrir e fechar.

- A casa não fica pronta se não ocultamos seus tijolos. Mas, mesmo sem aparecer, eles continuam ali, no que chamamos de parede.

Um soluço profundo e dolorido escapou da boca da mulher acompanhando novas lágrimas que caiam.

- Você viu o meu menino?

Nada respondeu. Suas palavras pareciam agora extintas. Levantou e, mais uma vez, tornou-se silêncio. Ela já não o via. Encolheu-se naquela imensa dor. E apenas esperou. Só esperou. Sozinha. Recomeçou a chorar baixinho, baixinho. Queria seu filho. Queria seu menino. Mas aquela dor, aquela demora, um frio que penetrava suas carnes e atingia seus ossos...

Acordou sobressaltada. Percebeu que cochilara. Mas ao acordar deparou-se com aquela dor que continuava ali, dentro dela, ocupando todos os espaços. Ao ver a mãe sentada ali tão pertinho, teve vontade de correr, encostar a cabeça em seu colo e se deixar ficar. Não teve forças. A dor deixa o corpo pesado. Também não era preciso. Sua velha mãe já a olhava de perto. Os mesmos olhos tristes que tantas vezes a contemplaram (como se soubesse desde sempre as tantas dores que sua filha sofreria) pareciam acariciá-la.

- Meu menino se foi. Tão bonito o meu menino. Era muito alegre também.

Com dificuldade, estendeu a mão. E só então percebeu que à sua mãe segurava uma outra mãozinha, tão pequena, tão delicada. Era a mão do seu filho morto. Morto. Seu filho estava morto. No entanto, ela o via ali tão vivo, tão tranquilo segurando a mão da boa avó. Agora já não em corpo de homem, mas novamente feito menino. Olhou-o com uma alegria que parecia que iria fazer seu peito explodir a qualquer momento.

- Meu filho, meu filhinho querido...

O menino, porém, estava com os olhinhos baixos e não os levantou, olhando as sandalinhas que calçavam seus pés. Também não podia tocá-lo, disso de alguma forma sabia, mas a vontade, aquela tão grande vontade de abraçá-lo novamente, de tê-lo nos braços...

Através da porta aberta, uma brisa suave entrou na sala, recolheu algo do seu mundo de invisíveis coisas e saiu.

- O sol se põe todas as tardes. As estrelas se escondem ao amanhecer. Mas, cada novo dia, traz a certeza de que iremos reencontrá-los.

E tudo de novo se fez silêncio...

Alguém com uma voz triste de notas chorosas veio avisar que o corpo estava chegando. Só então ela abriu os olhos e levantou-se de sua cadeira. Não olhou em volta. Nada disse. Já nada podia esperar. Caminhou apenas com seus passos inseguros para aquele noturno silêncio tão próprio da morte.

MELHOR TIRAR

- Melhor tirar.

Não gostara das palavras de Sílvia. Também não gostara do silêncio da sua mãe. Aquele silêncio pesado que precede uma grande tempestade. Os raios e trovões, em forma de palavras duras e acusações, chegaram logo. E bem ao estilo de sua mãe, aos gritos. E em meio a muitas exclamações, uma torrente de perguntas para as quais ela não tinha resposta. Por isso procurou Sílvia. Mas não gostou da resposta que a amiga lhe ofereceu com aquele jeito simples de quem já tem tudo resolvido:

- Melhor tirar. - Dissera despreocupadamente, enquanto assoprava as unhas recentemente pintadas de vermelho.

Tirou a pesada bacia com a roupa que acabara de lavar da cabeça para descansar um pouco. Mas a dor que sentia não era pelo peso da roupa molhada, mas de uma imensa vontade de chorar. E já chorara tanto... chorou mais uma vez e choraria muitas outras.

Do alto do galho de um cajueiro, um pássaro observava a melancólica cena enquanto protegia seus ovos. Cantava seu canto habitual, pois nada sabia da vida das mulheres. E, com o jeito inquieto de balançar a cabeça, cantava. Quem sabe para dizer à mulher de suas próprias incertezas de mãe de pássaros. Quem sabe porque, não sabendo chorar, apenas cantava?

Lá embaixo, sentada em uma pedra, bacia descansando no chão, mãos catando pedrinhas, olhos lacrimejando, Nana mergulhava em si e voltava cada vez mais desalentada.

- O que vou fazer? – perguntava pela... (quantas vezes mesmo já havia se feito aquela pergunta?)

Se o pássaro ouviu, respondeu no seu cantar.

Mas Nana já estava levantando-se. Precisava voltar logo. Imagina se poderia ficar ali chorando o dia inteiro. Tinha que decidir o que iria fazer. "Melhor tirar." A objetividade da amiga veio-lhe à cabeça. Tirar como? Pergunta retórica daquelas que não querem ouvir a própria resposta, pois ela sabia exatamente como, onde e com quem. Todos naquela pequena cidade sabiam para onde corriam tantas mulheres no desespero do desamparo e da falta de respostas de vida. A velha Juliana as recebia sem sorrisos, mas com o olhar de quem entende sem precisar ouvir explicações. Não criticava as moças e nem perguntava quem era o rapaz. Às vezes, ouvia alguma queixa. Outras vezes, fingia não ouvir um soluço ou uma praga. E para tudo e todas tinha sempre a mesma frase: " Mulher veio para este mundo só para ser enganada e sofrer. Tem que ser mais esperta, essa menina. Tem que ser mais esperta. Homem não se importa não. Tem que ser mais esperta."

- Luisinha tirou. Criar filho de cabra safado... Disse que chorou, mas está com outro agora. Vai até casar. Que homem iria querer sustentar filho de outro? – Mais uma vez as palavras de Sílvia soavam em sua mente.

Mas foi a lembrança de Luisinha chorando que a fez parar. Fazia dois anos que a amiga tinha caído na conversa de Samuel. Este a levou, deu-lhe algum dinheiro e disse que dona Juliana resolvia. E ela preferiu a cara desdentada e sem sorriso da velha às ameaças do velho Jacinto, o seu pai, que só soubera quando viu a filha quase morta de tanto sangrar. Mas a mãe tinha dado uma explicação qualquer para a doença da filha e ele achou melhor acreditar.

Quando Nana e Sílvia foram visitar a amiga, perceberam o ar de culpa da mãe e a raiva recolhida do pai. Juliana, ainda muito branca, deitada e com aquele jeito diferente de quem já conhece as dores e armadilhas do mundo. Uma imagem de Nossa Senhora sobre a cama tornava tudo ainda mais melancólico e lembrava que é preciso rezar.

- Só agora sei que sou mesmo muito pobre. Sou tão pobre que nem pude ficar com um filho que era meu. Não tenho nada. Não posso ter nada. – As palavras chorosas de Luisinha agora lembravam a miséria de Nana.

Se ao menos Cláudio tivesse dado alguma esperança...

Não dera. Ouviu de cabeça baixa, enquanto mexia em uma chave. Depois perguntou se ela tinha mesmo certeza. Ouviu que sim, agora olhando para ela. Com o rosto sem nenhuma expressão, disse que depois resolveriam isto. Duas semanas já se passaram e ele não voltou para resolver nada...

Entrou em casa. Que bom que sua mãe não estava, assim não precisaria começar agora uma nova discussão. Estava cansada demais. Foi direto para um canto do quintal e começou a estender as roupas no varal. Sol tão quente!!! Vida tão pesada!!! Futuro tão incerto!!!!

Ao terminar, distraiu-se deixando o olhar vagar por aquelas terras, tão conhecidas, que se estendiam para além de seu quintal. Ao longe, o vizinho e proprietário, formava uma estranha figura que se movimentava de um lado para o outro, na realização de algum serviço interminável de agricultor. E Nana ficou olhando, olhando.

Seu Chico, passou a mão na testa para enxugar o suor. Estava cansado demais. Foi direto para um canto do roçado e pegou a enxada. Sol tão quente!!! Vida tão pesada!!! Futuro tão incerto!!!!

Ao terminar distraiu-se deixando o olhar vagar por suas terras, tão conhecidas, que se estendiam para além daquele roçado. Ali perto, um pé de feijão, consequência de alguma semente caída na distração do agricultor, havia nascido entre pedras. Era uma pobre planta, de folhas atrevidas e vida incerta. Provavelmente nada seria.

- Melhor tirar.

No entanto, naquela plantinha que olhava para o sol desafiando a dureza das pedras e desconhecidas ameaças, havia uma promessa de vida que emocionou o velho, fazendo-o parar. Deixou-a ficar, na sua contemplação de vida rala que olha para o sol e acredita que pode florescer.

ESCOLHA

Subiu a ladeira que levava a sua casa mais devagar que de costume. Precisava aquietar os pensamentos antes de encontrar Miguel. O pior é que sentia tanta, mas tanta vontade de chorar... E não queria chorar na frente dele. Tinha medo de que, em um momento de descontrole, acabasse desabafando tudo o que sentia e jogasse para ele uma culpa, que sabia, não lhe pertencia. Ela fizera a escolha. Mas isto não fazia doer menos. Na verdade, doía muito. A imagem da menininha sentada embaixo do pé de manga com a carinha triste abraçada com a boneca não lhe abandonara um momento sequer, durante toda a viagem. Só a muito custo aceitara a boneca nova que lhe levou de presente. Tinha escolhido o brinquedo com tanto carinho, imaginando o sorriso da filha. Mas durante o tempo que permanecera na casa da mãe, (tudo bem, dois dias não é muito tempo) não viu a sua Júlia sorrir nenhuma vez. Era somente uma criança de cinco anos que não entendia o porquê de a mãe ter ido embora, deixando-a com a avó.

Algumas horas mais tarde, lá estava ela, no quintal, alimentando as suas galinhas. Mas o pensamento era o de sempre, a sua filha. Se ao menos ela pudesse entender o que a mãe fez. Por ela e sua mãe, fora morar com aquele homem bem mais velho que não tinha nenhuma paciência com crianças.

- Umas criaturas que não param quietas, tiram o sossego da gente e quando ficam mais grandinhas tão ainda mais trabalho. Você vem morar mais eu e deixa a menina com a sua mãe. Manda dinheiro para o sustento dela. Não vou deixar faltar nada para você e vai olhar pra ela quando quiser. Daqui a pouco tá uma moça. E moça dá muito trabalho. Quero não. Gosto do meu sossego.

Mas era um bom homem. Não lhe faltava nada. Quando visitava a mãe e a menina, chegava cheia de tecidos bonitos para vestidos da sua Júlia, laços para combinar, sapatos e meias brancas que iam até o joelho. Manteiga, açúcar bom e até queijo eram luxos que agora podia oferecer e que enchiam os olhos da mãe e das vizinhas. O velho Miguel sabia que ela gastava bem mais que o dinheiro que ela conseguia com as suas galinhas e que ele lhe dava por ajudá-lo com os queijos. Porém ele não se importava. E, às vezes, até fingia que errava no dinheiro que dava, colocando uma ou duas notas a mais. Ela sorria com um olhar agradecido, sabendo que aquele era o jeito dele.

Por isso nunca perdia a esperança de um dia poder trazer a filha para morar com eles. Infelizmente, sempre que a menina vinha passar uns dias com a mãe, essa esperança minguava. No primeiro dia, o velho fazia um esforço e até mandava comprar um doce para a menina. Já no segundo dia, mostrava-se impaciente. Pastava ver alguma coisa fora do lugar ou Júlia brincando com algum objeto da casa.

Da última vez, foi bem pior. A menina riscou algumas folhas do caderno em que ele fazia as anotações dos seus negócios de pequeno produtor de queijo e manteiga. Gritou rude e a menina lhe mostrou a língua.

- Leve, leve essa menina sem educação! Moleca danada! Onde já se viu uma moleca mexendo nas minhas coisas? Não quero traquinagem na minha casa. Leve, leve essa menina! Será que rascou alguma folha? Deve ter rasgado. Por isso eu não queria menino aqui. E ainda dando língua! É o que eu ganho. É o que eu ganho.

- Mas foram só duas folhas. Eu apago com cuidado. E ela não sabia que era sua.

- Se está na minha casa é minha!

- Eu apago com cuidado. Ela não vai mexer mais.

- Vai não. Porque você vai levá-la amanhã bem cedinho. Se tivesse carro, mandava hoje mesmo. Menina me dando língua. Ora essa!!!!! Não faltava mais nada. E o meu caderno?!

Sua filha encolhida em um canto, amedrontada com os gritos daquele velho que agora lhe parecia tão ríspido.

Pegou na mãozinha da menina e foi para o quarto que tinha arrumado com tanto carinho para a filha. Colocou-a no colo, dizendo algumas palavras para tranquilizá-la. Não queria levá-la embora. Queria tê-la ali. Como tinha sido feliz naquela semana. Sua menininha dormindo bem alimentada e bem-vestida, no quarto vizinho ao seu. Todas as noites, logo que Miguel dormia, ia silenciosamente ao quarto em que estava a filha e ficava admirando aquele anjinho que dormia. Durante o dia, quando o velho estava em casa, fazia de tudo para que ele não se aborrecesse com a presença da filha. Fazia a pequena almoçar antes que ele chegasse e a mandava brincar no quintal enquanto ele comia e cochilava como de costume. Só quando ele saia é que ela mandava a menina entrar e então podia aproveitar cada minuto ao seu lado.

Naquela noite, ele deixara seu caderno de contas na mesa como sempre fazia. Não costumava ter maiores cuidados. Ela não percebeu quando as mãozinhas pegaram caderno e lápis e riscaram duas ou três folhas. Uma besteira. Coisa de criança. Nada demais. Não precisava tanto aborrecimento, gritos e desaforos. Apertou ainda mais o corpinho contra o seu.

Quando finalmente a menina adormeceu, deitou-se com ela, mas não dormiu. Só quando as primeiras manchas avermelhadas tingiam o céu, é que ela foi vencida pelo cansaço. Mas o sono durou pouco. Levantou-se e foi à cozinha preparar o café para Miguel. Seria o último. Terminou antes de ouvir os primeiros sinais de que ele havia acordado. Correu para o quarto e começou a arrumar a bolsa com as coisas da filha. Não sem lágrimas nos olhos.

Ao ouvir a porta da frente batendo, foi ao seu quarto e arrumou as suas coisas, que não eram muitas. Enquanto a menina tomava seu leite com pão e queijo, cuidou da casa com zelo. Cada coisa limpa e em seu lugar. A casa dele, as coisas dele. Não levou o dinheiro dele. Pegou só o da passagem e o que ele lhe devia pelo serviço com os queijos. Levou também duas galinhas. Eram suas, por isso poderia levar todas se quisesse, mas não podia arrastar tanta bagagem.

Ela não voltaria.

Voltou. Duas semanas naquela miséria e trabalhando na roça para ganhar uma ninharia de diária fizeram com que ela voltasse. E nem todo dia havia trabalho na roça. Queria oferecer algo melhor àquela criaturinha que só dependia dela e de ninguém mais.

- Pobreza é isto. É não ter o que escolher.

Não sabia mesmo se o velho a aceitaria de volta, pois saiu sem nada dizer. Tinha fechado a porta e mandado um moleque levar a chave onde ele estava.

Foi o mesmo moleque que correu para avisá-lo que tinha visto dona Nita sentada no batente da porta.

-Ela vortô, seu Migué. Dona Nita vortô.

Sem uma palavra ou expressão que denunciasse alguma emoção, o dono da fábrica de queijo tirou a chave do bolso e entregou ao moleque que entendeu o que precisava fazer.

- Leve também este dinheiro. É pra feira.

Quando chegou mais tarde em casa, não fez perguntas. Comeu a sopa e falou do que tinha acontecido naquele dia, como se ela jamais tivesse ido embora. Saciou-se com a sopa, os beijos e o corpo. Depois dormiu satisfeito.

Nos seis meses seguintes, fez tudo que pôde para que ela não fosse ver a filha. Tinha medo de que não voltasse. Mas foi muito generoso com os erros de notas a mais e até comprou ele mesmo uma boneca que tinha cabelos para ela mandar para a filha e, também, disse que ela separasse uma lata de manteiga e outra de creme de leite para enviar para a mãe e as irmãs. O que ela fez com prazer. O coração apertado de tanta saudade.

E assim, durante seis meses, não pôde ver a sua menina, mas lhe mandava toda semana dinheiro, comida e algum agradinho. Os olhos úmidos de tanto medo de ser esquecida.

E agora que finalmente foi ver a filha, sonhando com os seus abraços e sorrisos, a menina tinha se mostrado arredia e distante.

Eram estes os pensamentos que faziam morada em sua cabeça enquanto cuidava dos afazeres de todos os dias.

Alimentava suas galinhas sentindo-se menor que todas elas que tinham seus pintinhos sempre por perto. Cuidadosas e confiantes, cacarejavam. O milho que recebiam era para ser beliscado por todos juntos, naquele quintal bem cuidado, onde, todas as tardes e todas as manhãs, uma mulher as alimentava, enquanto lágrimas escorriam pelo rosto de traços bonitos e algumas marcas de dor.

CONSOADA

Fechou os olhos para sentir melhor o aroma. Delicioso. E ao abri-los pode ver as cores. Lindo. Tudo muito bem arranjado. Perfeito. Quase sorriu. Mas uma dorzinha na face não deixou o sorriso se desenhar. Era um belo prato. Belo e apetitoso. Tinha-o preparado com prazer. Um prazer diferente, que em alguns momentos a tinha feito sentir arrepios. Fez tudo lentamente, com uma calma que não sabia que poderia sentir. Escolhera os melhores ingredientes, a melhor receita, os melhores temperos. Fora mesmo ao supermercado em busca de algo que faltava. E não se importou com o olhar de algumas pessoas. Naquele momento, ela sentia-se inatingível. Sabia o que precisava fazer e faria. Durante o percurso, sentiu sua perna doer. Passaria. Comprou o que precisava e voltou logo para casa. Lavara com cuidado as verduras e os legumes. Depois cortou tudo quase com carinho. Gostava daquele processo. Tinha descoberto na culinária o seu maior prazer. Colocou as postas de peixe nos pratos e os regou cuidadosamente com vinho branco. Era um delicioso prato, perfeito para fazer para alguém que se ama. E esse pensamento a teria feito gargalhar, não fosse a dor na face.

Olhou-se no vidro do armário. Estava muito bonita naquela noite. O cabelo bem penteado e a maquiagem, no entanto, não foram capazes de esconder as feias marcas em seu rosto. E foi com uma tristeza acostumada que passou os dedos pelo rosto. Mas não era momento para isso. Era uma noite especial. A noite que era planejou. E como havia esperado aquela noite! Por isso tinha saboreado cada momento. Por isso tinha se preocupado com cada detalhe. Por isso sentia-se tão plena, tão segura. Só não se sentia feliz... Não era preciso. O que era preciso era ter uma bela mesa posta, um prato gostoso e com um ingrediente especial. Ao colocá-lo, não sentira gozo nem tormento, como dissera uma suave poetiza. Apenas o colocou, como quem descobre o seu destino e o cumpre com resignação.

    Foi até a sala e olhou a mesa. Tinha comprado aquela toalha de renda em sua última viagem e só agora a usava. Acompanhou, com a ponta do dedo, um de seus desenhos. Tão delicada toalha poderia ser usada em qualquer celebração. Lembrou a fala do vendedor.

    - Essa toalha, dona, foi toda feita à mão pelas mulheres de lá onde eu moro. É uma cooperativa de trinta mulheres que vivem disso. E fazer essas toalhas não é fácil não. Renda e bordado é coisa de mulher, porque mulher conhece os mistérios de Deus para criar. É sim. Veja que só elas podem dar vida a toda a gente. Mulher é bicho esquisito. Tem parte com Deus e, às vezes, tem parte com o demônio. Podem criar ou acabar com um homem. Tenho até medo. – E riu de um jeito divertido. Tanto fez, tanto falou que ela acabou comprando a toalha. Comprou pela conversa, pelo jeito divertido do vendedor, mas principalmente porque achou linda e delicada a peça.

    Como viviam as mulheres que teciam tão belas toalhas? Seriam amadas? Que feridas traziam no corpo e na alma? Este pensamento a teria feito chorar se ainda chorasse. Mas já não chorava. Sentia-se seca, sem sorrisos e nem lágrimas. Que dores e sonhos teciam aquelas mulheres enquanto faziam suas rendas? Que gritos ouviam quando voltavam para casa? Eram mulheres, simplesmente. Sentiu-se mais perto daquelas mulheres as quais nunca viu, mas que de alguma forma sabia iguais a ela. Talvez um pouco mais tristes. Quem sabe um pouco mais felizes? Nunca saberia de que fios eram feitos os mundos de tão distantes mulheres. Suas irmãs na sina de criar aqueles que as devoravam.

    Afastou o dedo da toalha como que se desgrudando daqueles pensamentos. Naquela noite não queria pensar em mais ninguém. Olhou para o relógio. Já era hora dos preparativos finais. Acendeu as velas, apagou as luzes da sala, colocou o balde de gelo com a garrafa de vinho, ainda arrumou melhor o arranjo de flores. Olhou tudo como um diretor que examina o cenário de uma cena final. Tudo estava perfeito. Faltavam apenas os atores.

E como se obedecesse a um sinal, ele entrou em cena no momento certo. Sua reação, seus gestos, o que disse não ficaremos sabendo. Podemos apenas imaginar. E se nada nos ocorre, não tem importância. Sabemos que ela serviu o delicioso jantar que preparara. É possível que ele lhe tenha feito algum elogio. E nas poucas palavras que se ouviu naquela sala, nenhum sinal da paixão que um dia (sim!) existira. Se houve um pedido de perdão já de nada valia. Como de nada adiantava ele tentar não olhar para o rosto machucado da mulher que o tanto amou. Os dois sabiam o quanto ela estava ferida.

O que ele não sabia é que a mulher usou o que de melhor sabia fazer para que naquela noite tudo terminasse do seu jeito. E quando ele descobrisse o veneno destruindo suas entranhas, já nada mais poderia fazer. Saberia apenas que ela escreveu as últimas linhas daquela triste história. Quando as velas se apagarem, como as luzes de um teatro, os dois corpos estarão caídos. O dele com uma trágica expressão de dor. O dela, mais sereno, por ter antes ingerido, logo após o jantar, todos os comprimidos que comprara quando ele a agrediu pela última vez. Julgou que já tinha sentido dores demais. Quando a morte chegasse a encontraria fortemente adormecia.

Não se sabe quais foram as últimas palavras. Sabe-se somente do silêncio. Sabe-se apenas que algumas histórias terminam porque nunca deveriam ter começado. Sabe-se que ela estava linda em seu vestido azul.

MISÉRIA

A noite estava escura e só se ouviam seus passos na rua de conhecidas casas. Porém, naquele momento, Júlia nada via. Nem as casas, que ela tinha uma a uma na memória, nem as árvores, nas quais costumava subir nas brincadeiras infantis, nem as pedras que conheceram seus passos de criança, de mocinha e, agora, de mulher. Nada via. Nada ouvia. Não ouvia as vozes de mães chamando os filhos que relutavam em deixar os amigos e a bola por um merecido banho. Não ouvia o som triste de um rádio que um solitário rapaz levara para a calçada. Não ouvia os despreocupados risos de moças que sonhavam com o que a vida jamais lhes ofereceria.

Neste momento, assim como durante todo o dia, Júlia tinha o olhar voltado para dentro de si, onde estavam suas tristes lembranças, preocupações, dores e medos. Tão sozinha, tão sofrida, tão pouco! Esta é a Júlia que agora anda para casa de volta de mais um dia de trabalho e pensa...

A ideia de ter deixado seu irmão naquele lugar era-lhe insuportável. Ainda podia ver aquelas caras. Assustadoras. Assustadas. Desesperadas. Sofridas. Durante o tempo em que esteve ali viu uma tenebrosa mistura estampada no rosto de Francisco: medo, horror, desespero, alheamento. E o que vira nos rostos de outros familiares, que como ela ali deixavam os seus, não era nada que lhe trouxesse alívio. Era uma angústia silenciosa, lágrimas rápidas de soluços baixinhos e uma descrença (em que mesmo?). O que vira em todas aquelas caras era apenas (ela bem sabia) o reflexo do que se desenhava em seu rosto.

A mãe não queria que o levassem. Gritou, chorou, falou frases incompletas, murmurou coisas que ninguém entendeu e depois aquele silêncio. Um silêncio cheio de gritos que ecoavam pelas paredes da velha e pobre casa. Os gritos ensandecidos de Francisco, os gritos de dor da mãe, os gritos de desamparo de Marcelo, seu pequeno Marcelo. Queria tanto abraçar o filho e dizer-lhe que não ficasse assustado, que era um sonho ruim e que seu tio Francisco estava trabalhando e logo voltaria para casa. Queria tanto que alguém a abraçasse, dizendo-lhe que não ficasse assustada, que era um sonho ruim e que seu irmão estava trabalhando e logo voltaria para casa...

Tão trabalhador o seu irmão! Ainda muito menino já trabalhava para ajudar a mãe no sustento da casa. Nem se lembrava dele nas brincadeiras da rua. Tinha na memória apenas ele cantando aquela música de que tanto gostava enquanto trabalhava. Também não lembrava o irmão reclamando, talvez porque não teve tempo para aprender a reclamar. Às vezes, com aquela voz rouca, perguntava a mãe se ainda tinha sobrado comida na panela porque ainda estava com fome.

- Como sobrou se vocês comem feito bicho? Não deixam nada.

Ele nada dizia. Voltava para o trabalho e aos gritos do patrão deixava de pensar que ainda sentia fome. E cantava uma música que falava de um menino triste.

Vida infeliz de uma miséria que embrutecia alguns, tirava a dignidade de outros e enlouquecia meninos que só queriam comer mais um pouco porque tinham fome. E Júlia temeu pelo seu pequeno Marcelo. O que a fome faria com ele anos mais tarde? Sentiu um arrepio de medo. Teve ímpetos de correr para vencer a distância que ainda a separava de sua casa, pegar o seu filho no colo e protegê-lo.

- Não levem meu filho! Não levem meu filho! Meu filho não! Eu vou cuidar dele! – Eram os gritos de sua mãe que voltavam à sua cabeça, como que lembrando que nem sempre as mães podem proteger suas crias.

Ninguém protegeu Francisco do frio das manhãs cinzentas quando ele saia para trabalhar usando apenas um calção, uma blusa velha e sandálias de dedo. Não o protegeram da fome e nem do cansaço de homem no corpo de menino. Também não houve proteção contra a loucura que o dominou pouco a pouco, sendo já um homem forte e acostumado ao vento de uma vida que era toda ela inverno.

Não perceberam quando ele parou de cantar aquela triste música e nem quando cessou de perguntar à mãe se ainda havia um resto de comida na panela. Como também ninguém viu seu olhar que ficava a cada dia mais distante, perdido em lugares inabitados que só ele devia conhecer. Se alguém ouviu as palavras estranhas que ele começou a dizer, não lhe deu a devida atenção. E assim, a insanidade pôde ter tempo para envolvê-lo em seus lençóis, fazendo desaparecer aquele Francisco de quem todos gostavam porque fazia o que lhe mandavam sem reclamar do peso de uma barriga vazia, do frio que cortava seus pés e mãos, nem da tristeza que perfurava seu coração de menino que só aprendera a ser triste em silêncio.

Júlia subiu os degraus da calçada, abriu a porta e ouvia a voz do filho que perguntava com olhos esperançosos para a avó:

— Vovó Maria, sobrou comida na panela? Eu ainda estou com fome.

Os olhos de Júlia se encheram de conhecidas lágrimas. Ela também sentia fome. Ela sentia muitas fomes.

DE VOLTA PARA CASA

Leinha e a irmã caminhavam de mãos dadas. A irmã com a marmita com o almoço do pai e ela segurando com força a boneca contra o peito.

- Anda rápido, Leinha. Mãe disse que pai está com fome.
- Dona, chegamos. O ônibus já parou. É aqui a sua parada, não é? – Era a voz de um rapaz que acordava uma mulher que estava no banco de trás.

Leinha também acordou. Sentiu um forte cheiro de flores. Levantou-se com dificuldade. Para uma senhora com a sua idade, gestos banais, às vezes, exigiam um esforço grandioso. Mas ao chegar à porta do ônibus e ver um pedacinho da cidade, apenas um pequeno recorte, não foi um esforço físico que precisou fazer. Depois de tanto, tanto tempo, seus olhos voltavam a ver aquele lugar.

- Algum problema? A senhora está bem? – Agora era o motorista que falava.

Ela desceu, não sem dificuldades, e caminhou sem saber ao certo para onde estava indo. Era ainda muito cedo e a cidade ainda parecia dormir. Escutou o barulho do ônibus se afastando e ficou olhando atentamente para ter certeza de que parou no lugar certo. Era a sua cidade... Quanto tempo! Como desejou voltar... Lágrimas de uma saudade antiga começaram a escorrer pelo seu rosto. Passou a mão trêmula pelos olhos. Voltou a sentir um cheiro de flores, como se alguém ali perto mexesse com rosas.

A pracinha tinha mudado, agora tinha mais cores, estava mais bonita. Sentou-se em um banco para olhar tudo. Sua árvore ainda resistia. Sua árvore...

- Menina, o que você tanto faz em cima dessa árvore? Desce logo e vamos para casa, peste.

Aos gritos da irmã, que veio procurá-la a pedido da mãe, ela desceu com a rapidez de quem está acostumada a fazer isso sempre. Não tinha problema, sua árvore estaria sempre ali. Ela depois voltaria. E seguia correndo para alcançar os passos rápidos da irmã.

Sempre gostou tanto de Luísa, sua única irmã. Como puderam acreditar que ela teria coragem de fazer aquilo?

Acreditaram...

Olhou mais uma vez para a árvore, como quem olha para uma velha amiga, perguntando-se o que mais de sua antiga cidade teria resistido. As casas eram outras. Ali ficava a venda de seu Matias; mais adiante, a padaria de seu Zuza; do outro lado da praça, o sobrado, que agora ela nem achava tão grande, da família do prefeito; e ainda a barbearia de seu Clóvis. Sentiu uma certa ternura ao lembrar de seu Clóvis.

Naquela triste tarde, enquanto chorava baixinho embaixo de sua árvore, abraçada aos joelhos para se proteger, ouviu quando passos se aproximaram e uma voz baixa e firme a envolveu em uma piedade que já não esperava.

- Tome este dinheiro, menina. Guarde com cuidado. E não perca nem o dinheiro e nem o que você é de verdade. Você é tão novinha que dá uma pena danada deixar você se perder neste mundo tão grande e de tanta gente ruim. Se eu pudesse, deixaria você ficar ajudando lá em casa até tudo se acalmar. Mas a mulher não vai querer.

Leinha enxugou o rosto desajeitadamente com as costas das mãos, pegou o dinheiro e ficou olhando para aquele homem. Durante muito tempo, sempre que queria se convencer que ainda existiam pessoas boas, lembrava o rosto daquele senhor bondoso, com quem jamais havia falado antes. Ele virou-se e foi embora, mas ainda olhou uma vez mais para aquela menina tão desamparada, abriu a boca para dizer alguma coisa, porém nada chegou a dizer. Fez um gesto com a mão e com a cabeça, como quem desiste de lutar com o destino e seguiu para a barbearia.

Voltou novamente seus olhos cansados para a árvore, em um silencioso pedido de notícias de toda aquela gente. Quanta coisa aquela árvore de grandes galhos não teria visto! Viu quando passou o enterro de sua mãe e, quatro anos depois, o cortejo que acompanhava o caixão do velho Sebastião, o seu pai. Viu Luísa com três filhos pequenos, cheia de bolsas fugindo (Deus sabe para onde) daquele casamento infeliz. E, também, presenciara, ali em frente da venda de seu Matias, o corpo de seu cunhado caindo, atingido por três tiros certeiros, disparados ninguém sabe por qual mão de homem de filha, esposa ou irmã desonrada. O sangue que escorreu naquele dia não pôde lavar as manchas deixadas em tantas vidas.

Suas pernas tremiam pelo cansaço ou pela emoção. Em alguns momentos, parecia que já não as sentia. Sentou-se em um banco. Mais uma vez, o mesmo cheiro de flores. Cruzou as mãos sobre o colo e se deixou ficar sentindo o vento que batia suavemente em seu rosto, como se tentasse descobrir, escondido naquelas rugas, o rosto da menina que um dia saiu daquela cidade com quinze anos, as faces vermelhas molhadas de lágrimas, levando em uma sacolinha apenas uma muda de roupa, duas calcinhas, um sabonete, uma escova de dente, um creme dental, um pente e o dinheiro que seu Clóvis lhe deu (suficiente para pagar a passagem de um ônibus que a levou dali e as refeições de três dias). Os objetos pessoais pegou às pressas, enquanto seu pai a puxava pelo braço e sua mãe chorava. Os vizinhos olhavam com consternação, com raiva, com desprezo.

Todas as ruas da cidade nasciam ali naquela praça e se espalhavam como os ramos de uma árvore não muito grande. A cidade, definitivamente, não havia mudado muito. A igreja era a mesma, mas agora se mostrava menor do que parecia em outros tempos. Do outro lado, estava a feia prefeitura com suas cores opacas e seu formato que lembrava uma caixa de sapatos fechada.

Leinha estendeu o olhar para uma das ruas e deixou que seus olhos se derramassem e escorressem pelas mesmas pedras de calçamento que um dia abafaram seus passos. Tantos passos...

Sentiu as lágrimas que molhavam o seu rosto. Não as de hoje, mas as que banharam suas faces em um outro dia. Aquele dia em que pegou a sua boneca que repousava sobre a cama e a levou segurando-lhe com força. Era um fim de tarde e depois de chorar por algum tempo e tomar um banho demorado em que se esfregara com força na esperança de limpar uma sujeira que a havia penetrado dolorosamente, caminhou para o quintal. Sabia que havia mudado. Sua vida não podia mais ser a mesma. Pegou uma caixa antiga de madeira em que guardava suas coisas, colocou a boneca com cuidado, cavou, com as próprias mãos, um buraco embaixo da roseira que sua mãe plantara e lá colocou a caixa com a boneca, como para protegê-la daquilo de que não fora protegida. Só algum tempo depois descobriu que a sua vida parou ali. Tudo o que viveria depois seria apenas um arrastar de um corpo cansado e para sempre manchado. Jamais voltara a sorrir do mesmo jeito ou ter o mesmo andar leve e o olhar tranquilo. Nunca mais a confiança nas pessoas e um falar feito de palavras alegres. Fizera-se saudade e tristeza.

Piedade, solidão, fome, prostituição, ajuda de desconhecidos, abandono e alegrias pequenas e bem passageiras. De tudo experimentara naqueles longos anos que, agora constatava, passaram bem rápido. E dela o que ficou?

Era o que se perguntava quando ouviu passos de algumas pessoas que andavam a caminho do trabalho. Pareceu-lhe ver bem ali na sua frente o seu pai, sua mãe e sua irmã a caminho da roça.

Por que o seu pai, sempre tão bom e justo, acreditou naquela história horrível que o genro lhe contara?

- Eu não queria, seu Sebastião. Mas ela tanto me tentou, tanto me tentou que eu caí. Eu sei que o que fiz foi errado. Mas eu sou homem. O senhor sabe... uma menina nova, sempre se oferecendo como o diabo. Eu sem querer. Mas ela, a cada dia, inventava um novo jeito de me tentar, de tirar o meu juízo, de mexer com as minhas vontades de homem... É sua filha, mas essa menina é um demônio...

Leinha gritou. Disse que era mentira. Quis dizer dos olhares do cunhado para o seu corpo de menina virgem, das artimanhas que ele usou para ir chegando cada vez mais perto, do seu jeito de serpente que desliza devagarinho e depois dá o bote sem deixar chance para que a vítima escape. Quis dizer o quanto lutou para escapar, que quase sufocou quando ele tapou a sua boca com aquela mão cheirando a cigarro, que vomitou muito sozinha no banheiro de tanto nojo que sentia. Quis contar das ameaças, do medo, do desespero que a dominava cada vez que ele voltava. Mas o que gritou se perdeu, pois ninguém parecia ouvir. Mas só parou de gritar quando olhou no fundo dos olhos de seu pai. Naquele momento, tudo parou, tudo silenciou. Já não se ouvia o choro de sua mãe, os insultos revoltados de sua irmã, a voz odiosa de seu cunhado, que continuava a repetir mentiras. E viu nos olhos de seu pai um poço muito fundo e cheio de desprezo que a tragou. Ela, então, percebeu que já não adiantava gritar. Era muito fundo o lugar em que se encontrava.

Passou as mãos pelo rosto. Estava banhado de lágrimas, de agora e daqueles dias tão tristes. Eram as lágrimas de muitos e muitos anos de tristeza, de injustiça, de saudades da família que não voltara a ver, das infelicidades de uma cidade grande demais para a sua existência mesquinha. Lágrimas que não eram apenas as suas, mas que também molhavam o seu rosto.

Ainda enxugando as faces, levantou o rosto e foi com surpresa que viu que aquelas pessoas não haviam seguido em frente. Estavam paradas ali a poucos passos do banco em que ela estava. Deixou escapar um soluço e sentiu vontade de sair correndo para perto da família, no entanto, levantou-se vagarosamente enquanto sentia a última lágrima escorrendo dos seus olhos. De alguma forma, sabia que aquela era a sua última lágrima.

Era verdade. Estavam ali sorrindo para ela, que nem percebeu que mostravam no rosto e no corpo a mesma idade de quando os viu há tantos anos. Pareciam não mais pessoas que iam para o trabalho na roça, mas vestidos como para uma festa. Sorriam, não como quem pede perdão por uma grande injustiça, e sim, como quem tem o espírito leve e coração tranquilo, livres enfim de toda dor que o mundo pôde lhes infligir. Mas que festa era aquela para a qual iam tão cedo, quando a cidade ainda nem acordara?

    Mais uma vez, sentiu um cheiro forte de rosas e ouviu um soluço que não era o seu. Sorriu para eles. Finalmente estava diante de seu pai, de sua mãe e sua irmã Luísa, que lhe fazia um gesto, chamando-a com os olhos cheios de carinho... e neste momento sentiu-se tragada por uma estranha força.

    Agora estava em um canto da sala, na casa de seu filho. O ambiente inteiro cheirava a rosas e a velas que queimavam. Ouviu outro soluço. Era do seu filho, que naquele exato instante beijava-lhe a face e deixava cair no rosto da mãe que muito amara mais uma lágrima.

    - Meu amigo, já é hora de fechar o caixão e deixar sua mãe ir.

    E por entre as pessoas que rodeavam o caixão que era fechado e o homem que chorava, Leinha viu a si mesma ali deitada. Deu meia volta e seguiu. Era hora de voltar.

DESCOBERTAS

Camila saiu da estação de metrô e caminhou com passos rápidos em direção ao Museu. Na verdade, nunca se interessara muito por museus, lugar chato, cheio de pessoas que a tudo pareciam indiferentes, preocupadas em apenas olhar para peças mudas. Ela preferia ambientes com barulho, com vida, com mulheres e homens jovens que se olham, que se tocam.

Então por que esta moça de vinte anos, usando jeans, camiseta que estampava a famosa frase se Simone de Beauvoir "Não se nasce mulher, torna-se." e uma pequena mochila feita de retalhos de diferentes cores e estampas se dirige para um dos mais famosos museus do país em uma bela tarde de sábado? Coisas do coração, dirá aquele velho experiente que habita em nós.

Depois de meses de uma paixão puramente platônica por Felipe, ele diz que irá, na tarde de sábado, ao Masp e pergunta se ela não gostaria de encontrar-se com ele lá. Havia uma exposição da qual ela poderia gostar. Gostaria. Foi o que respondeu. Não da exposição, foi o que pensou. Está, pois, explicado porque agora ela quase corre com medo de se atrasar, embora saiba que está bem adiantada. Sim. Mas há ainda fila para compra de ingressos e eles combinaram que se encontrariam lá dentro, para não ficar expostos aos perigos da cidade lá fora.

Vinte minutos depois, vamos encontrá-la ainda sozinha, mas já no grande salão repleto de quadros de diferentes movimentos artísticos, olhando mais uma vez para o relógio, pegando mais uma vez no celular para ligar. Melhor não. Talvez ele tenha desistido.

Protegidas por vidros brindados, estátuas, telas, cerâmica marajoara, peças que muito pouco lhe diziam. A Estudante Russa, de Anita Malfati, talvez muito tivesse a lhe ensinar sobre a vida de moças de outros tempos, mas continuava com a boca de carnudos lábios bem fechada e um olhar perdido em outro ponto, não se importando em olhar para quem a observava, mostrando assim (Quem sabe?) todo o seu desprezo por uma jovem apaixonada que vem para um museu não por tudo o que este pode oferecer, mas apenas para ficar perto de um rapaz. E existem por aí tantos rapazes. Pareceu-lhe que a mulher no quadro apertou ainda mais os lábios.

Passou agora por uma estátua de uma negra de curvas insinuantes, largos quadris e pernas bem grossas. Não se interessou em saber o nome do seu autor. Não era o tipo de imagem de mulher que gostava de ver retratada. Por isso seguiu, não sem olhar mais uma vez o relógio. Quando ele perguntasse, diria que não veio. Que não foi possível, que esquecera, que...

Tentou se concentrar na grande tela que estava a sua frente. Quadro feio de tristes cores e imagens. Pertencia à série Os Retirantes, de Portinari. Deixou-se ficar diante daquela miserável família. Pés descalços, trapos, fome. Mulheres, homens e meninos silenciosos e de olhares perdidos. Crianças de colo com todos os ossos à mostra. O pai segura a mão de um dos meninos que parece querer esconder-se, no seu feio chapéu de palha, dos olhares dos visitantes do Museu. Rostos de linhas disformes de fome tão visível. Quem sabe por não mais querer enxergar o que lhes esperava no futuro, uma das mulheres, em uma atitude de rebeldia contra o destino, vira o magro corpo para outra direção. Semblantes fechados, olhos sem vida, pés acostumados com as pedras e restos de ossos espalhados pelo caminho.

Camila sentiu um aperto na garganta e seus olhos encherem-se de lágrimas. Deu mais um passo. E um menino, vestindo apenas uma velha camisa, inclina levemente a cabeça para o lado, de modo questionador, olhando-a com seus grandes olhos de fome. Tem um rosto redondo e a velha camisa xadrez não consegue esconder a grande barriga denunciadora de uma saúde comprometida. O resto do corpinho está nu. Uma nudez que pouco se diferencia dos trapos que os outros vestem. E a moça já com olhos cheios de lágrimas sentiu vontade de abraçá-lo. Logo ele que parecia ser o mais independente, pois todas as outras crianças daquela triste família ou estavam no colo, ou segurando a mão do pai, ou encostando a cabeça em seu braço buscando alguma proteção. Ela quis acarinhá-lo...

Agora é Camila que inclina um pouco a cabeça para o lado, de modo que seus olhos encontrassem o olhar daquele menino. E os dois se olharam nos olhos... Já todo o resto desaparece. Agora só existem, naquele universo de tantos mundos, uma moça de pele clara, cabelos de cachos bem cuidados, jeans, camiseta com palavras que aquele menino jamais leria, mochila colorida e olhos cheios de lágrimas que até então não conhecia e um menino nordestino, faminto e mal-cuidado.

Não disseram nada. Não era preciso. Apenas se olharam. Tanto, tanto foi dito pelos olhos daquele menininho... A jovem da grande cidade agora sabia da mudez daquela família, de secas, de sedes e fomes. A moça de jovial mochila nas costas compreendeu o cansaço de muitos caminhos que pedras e ossos faziam ser de difícil atravessar. E chorou pelas mortes de gente, plantas e animais; mortes de alegrias, sonhos e esperanças; morte, que na ligeireza que lhe davam a miséria e a falta de justiça, chegava bem antes que a vida.

Mas soube ainda de balanços em árvores, de fogueiras de São João, do cheiro da terra e do leite no curral, do sabor doce da manga tirada do pé, de rezas e promessas para chover, de sons de pássaros e voar de borboletas. Lembranças de outros tempos guardadas em algum lugar da memória como frágil e inacreditável tesouro.

E, como aqueles olhos de menino continuavam a lhe interrogar, ela também deixou que seus olhos verdes contassem outras histórias... Contou de meninos que brincavam em gangorras em noites cheias de estrelas e abriam os braços como se fossem anjos dotados de asas.

O menininho sorriu. Como deve ser linda tal imagem!

Também contou do cheiro de café quentinho em manhãs chuvosas, do contato de cobertores macios na pele e de abraços em bichos de pelúcia, da vez primeira em que se ver o mar e de banhos em cachoeiras. A boquinha do menino se abriu em exclamativa admiração de descoberta de outras formas de existir.

Cantou, baixinho, para ele músicas alegres que falavam de sol amarelo, de heróis e de cavalos que falavam inglês. E então, ele fechou os olhinhos e sonhou com desenhos coloridos, sorvetes que derretiam na boca, parquinhos e nuvens de algodão. Depois ela falou-lhe sobre um principezinho que viajou por muitos planetas à procura de amigos e também sobre escolas onde crianças aprendiam, riam e cresciam sem parar.

O rapaz que entrou apressado no Museu, pois estava bem atrasado, e procurava sua amiga foi encontrá-la sentada no chão diante de uma tela de Portinari. A moça tinha um olhar tão cheio de amor e o semblante de uma indizível ternura que poderia estar com uma das crianças do quadro em seu colo cantando e contando-lhe belas histórias de fazer sonhar. E ele sentiu o peito inundando-se de paixão.

E naquela tarde, saíram abraçados, já não mais os mesmos, senão outros agora. Ele experimentando um novo sentir, uma vontade inédita de abraçar e cuidar, de guardar em seus braços aquela linda mulher. Ela sabendo-se mais forte, pois experimentara um amor imenso por um garotinho e o sentiu em seu colo enquanto cantava para ele e lhe contava belas histórias de fazer sonhar. Por algum tempo naquela tarde (Quanto tempo? Não sabia.) fora mãe e desejou construir um mundo mais bonito para dar de presente a um menininho que precisava sonhar.

UM BOM MENINO

Maria Célia da Silva Lima. 37 anos. Separada. Empregada doméstica. Rua Nossa Senhora das Dores, número 102, Loteamento Jardim Esperança. Mãe de José Luciano da Silva Lima.

Sentia uma enorme vontade de vomitar desde que saiu daquele lugar. O interminável som das teclas do computador ainda rodopiava em sua cabeça e uma mistura de cheiro de cigarro e mofo colou-se ao seu nariz, aumentando a náusea que sentia. Queria chegar logo em casa, mas, a cada passo, o tormento por deixar seu filho naquele lugar aumentava. Se ao menos pudesse trocar de lugar com ele... Não podia.

Caminhou um pouco mais e sentou-se para esperar o ônibus. Sentia o corpo pesado demais para carregar. A cabeça latejava. Imagens de uma vida inteira desenhavam-se diante de seus olhos. Seu filho outra vez pequeno. Outra vez em seu colo. Outra vez jogando bola na rua com meninos da vizinhança. Outra vez ela aos gritos para que não ficasse na chuva, não se sujasse na lama, não se machucasse, não demorasse...

Enxugou as lágrimas com as mãos trêmulas. Queria tanto ter seu filho novamente em seu colo e tentar ensinar tudo de novo. E também lhe dar umas boas palmadas. Quem sabe assim ele aprenderia?

Em todos aqueles anos, teve medo de tantas coisas. Medo da fome, do frio, de ser despejada por atraso do aluguel. Medo de doenças e da falta de emprego (que era esses medos todos juntos). Lavou roupas que não eram suas e nem de seus filhos, esfregou o chão de muitas casas, queimou mãos e braços preparando comidas para filhos de outras mulheres, suportou gritos e humilhações. Tudo para que não faltasse a seus filhos o pouco que era possível oferecer. Tentou até um novo pai para Luciano. Seu pobre Cianinho. Mas o que conseguiu foi um bruto que batia em seu menino e deixou-a com mais uma cria na barriga.

Após o parto, em seu período de resguardo, Cianinho foi quem botou a pouca comida na mesa. Ajudou seu Jorge na oficina, limpou o quintal de dona Lindalva (Bom menino esse seu. – diziam). Depois arranjou - ela não sabia onde – uma carroça e foi carregar feira em troca de um pouco dinheiro que para quase nada dava. Deixou de ir à escola. Também nunca teve cabeça para essas coisas de estudo. O que ele queria mesmo era ser artista de circo. Tão bonito ser artista de circo, voar no trapézio, dar cambalhotas... E ser palhaço, então? Pode ser coisa mais linda? Passar a vida colocando sorrisos no rosto das pessoas? Cianinho era tão engraçado, inventava cada coisa para o irmão rir. Ela também se divertia com as gracinhas e piadas do filho e o imaginava todo pintado, com roupas coloridas, cheias de brilho e muita gente olhando para ele, aplaudindo. Tão bonito ser artista de circo... As roupas coloridas, os brilhos, a música, a alegria.

Um dia, trouxe um casaco para o irmão. Não quis dizer o preço. Naquele inverno que parecia gelado, ela não sentiu tanto medo e o filho pequeno, usando um casaco novinho, sentiu menos frio. Na semana seguinte, foi ela quem ganhou um casaco macio, todo de lã, de um verde tão bonito. E ela teve esperança. "Bom menino esse seu."

A televisão veio bem depois. Depois dos tênis, do carrinho para o caçula, do perfume para a mãe, da bolsa que o pequeno levava para a escola, do liquidificador e do dinheiro para levar a família toda para o grande circo que estava na cidade, com direito à pipoca e outros doces. Os olhos de Cianinho eram brilhantes estrelas naquela noite.

- Tão bonito ser artista de circo, não é, mãe?

- Sim. É muito bonito. – E não disse mais nada para que o filho não visse que chorava.

Naquele momento ele ria, um riso todo feito de sonhos e de magia do circo.

Aquela noite no circo parecia agora tão distante... Hoje, esse pesadelo. Não podia acreditar que tudo aquilo que o delegado disse fosse verdade. Sentiu o estômago revirando-se, o gosto amargo subiu pela garganta, enchendo sua boca de saliva. Desespero, raiva, vergonha, medo, angústia, tudo se misturava. O que iria fazer, meu Deus? O que iriam fazer com Cianinho? Ele era bom. Uma vez mais, limpou as lágrimas.

- Há engano, doutor. Meu menino é bom. São esses amigos que ele arrumou na feira. O senhor sabe. É trabalhador. De domingo a domingo. Tudo para me ajudar no sustento da casa. Minha patroa até chama ele quando tem um servicinho extra lá na casa. E o patrão sempre leva ele quando tem muita coisa para fazer na praia. Nunca sumiu um isso. Os patrões com tanta coisa e nunca tiveram cuidado. Sempre confiaram no meu menino. Seu Artur até disse que quando ele ficar de maior vai levá-lo para trabalhar com ele. E de carteira assinada. Não pode agora porque, o senhor sabe, ele é de menor. Meu menino é bom. Ele é bom. Ele trabalha. Eu juro. Há engano, doutor. São as más companhias. Lá na rua ninguém nunca teve queixa. Sempre me ajudou.

- Bom menino esse seu! Mas eu vou dizer o que o seu menino estava fazendo.

Sentada, apertando a bolsa com as duas mãos contra o ventre, balançando, nervosamente, o corpo para frente e para trás, ouvia aquele homem que dizia coisas nas quais ela não podia acreditar.

- Não... Não... Não é possível. - Ouvia-se dizer vez por outra. Mas a voz não parecia ser a sua.

Sentiu um frio percorrendo todo o seu corpo e desejou estar com o seu casaco verde. Uma ou outra vez se remexeu na cadeira, apertando, agora, as mãos com força.

- Agora a senhora pode ir. Vá!

- Mas e meu filho? Posso levar?

- Seu filho, por enquanto, é da justiça. Quem sabe esta nova mãe não ensina umas coisinhas para ele?

Subiu no ônibus. As pernas ainda trêmulas. Ainda bem que pôde sentar-se junto à janela. Precisava respirar. O motorista demorou um pouco para dar partida, pois alguns feirantes estavam colocando suas mercadorias, ou o que sobrara, no ônibus. Alguns eram agricultores que vinham vender ali os seus frutos, folhas, raízes e sementes. Falavam alto e se movimentavam com rapidez.

Duas mulheres sentaram-se no banco à frente de Célia. Continuavam uma conversa iniciada lá fora.

- A semente era boa, a terra é que era muito ruim.

Lágrimas silenciosas escorreram pelo rosto de Célia, sem pressa e sem encontrar as mãos como obstáculos, quando a frase chegou aos seus já machucados ouvidos.

Olhando a cidade que corria lá fora, ela disse baixinho:

- Meu menino era bom.

UMA HISTÓRIA

Algumas teimosas estrelas ainda resistiam e tentavam manter o seu brilho quando a moça, que não dormira a noite inteira, resolveu levantar-se. Janice era o seu nome, mas todos a chamavam de Jane. A Jane de seu Genor. Tinha dezenove anos, era bonita, educada e mulher. Sobretudo, era mulher.

Levantou-se, deu alguns passos e abriu a janela. Um vento frio, que parecia ter estado ali apenas esperando por ela, envolveu a moça como em um abraço. Seu corpo reagiu arrepiando-se. Mas ela não cruzou os braços para se proteger, nem fechou a janela. Apenas ficou ali olhando as primeiras luzes que avermelhavam o céu.

Um pintor, poeta ou seresteiro que por ali passasse naquele momento certamente pararia para observar aquela moça de pele muito branca e olhos tão tristes, em uma janela de casa simples, olhando enternecida o céu. E, talvez, pensasse em suas próprias dores ou delas se esquecesse, deixando-se apenas admirar aquela que mirava o céu. Quem sabe ao se perceber tão atentamente observada, Jane, assustada, fechasse a janela?

Mas não passava ninguém. Então olhemos nós, sem que possamos ser vistos. O céu, tingindo-se daquele sanguíneo tom que só os que muito cedo acordam conhecem, cobria, ainda com algumas sombras, uma casinha de cuja janela, uma moça de pele muito branca, olhos tão tristes e boca de um amargo silêncio já não sonhava e nem suspirava. Olhava apenas. Mas para onde olhava? O que buscava sob aquele céu de noite prolongada?

Jane afastou-se da janela sem, no entanto, fechá-la. Despiu-se da camisola azul de algodão e vestiu o vestido amarelo que estava, cuidadosamente, guardado no armário. Colocou com capricho uma fivela no cabelo. Passou um batom de cor discreta. Com passos vagarosos de quem já não tem pressa, dirigiu-se para a cozinha, onde parou por um instante. Pensou na mãe. Por um momento, pareceu que iria chorar. Não. Não chorou. Abriu a porta, que lhe obedeceu sem fazer o costumeiro ruído. Encostou a porta, sabendo que não se abriria e seguiu atravessando o terreiro para tomar o caminho que se abria por entre a vegetação.

Ao abrir a cancela, lembrou as brincadeiras de criança, quando ela e o irmão abriam aquela porteira, depois subiam para aproveitar seu movimento, que sempre terminava com um baque seguido dos gritos da mãe ou do pai.

- Estas pestes ainda acabam com esta cancela. Desçam daí, meninos!

Jane abriu apenas o suficiente para que pudesse passar. E num breve ruído, a velha porteira pareceu perguntar-lhe aonde iria tão cedo. Ela nada respondeu. Continuou seu caminhar. O vestido amarelo, estampado com florezinhas azuis, prendia-se em suas pernas e podia-se ver o formato de seus seios arredondados e firmes, as curvas de sua cintura, o desenho de suas coxas.

Aproximemos o nosso olhar. Duas lágrimas molham o rosto da moça e sua boca balbucia palavras que não conseguimos ouvir. Será uma cantiga? Ou quem sabe uma oração?

Agora ela está falando um pouco mais alto. Apenas o suficiente para que possamos ouvir.

- Por que você não voltou, Luís? Por que você não voltou, meu amor?

Luís havia prometido que voltaria. E ela esperou. Comprou um vestido para o dia em que ele chegasse e se preparou para recebê-lo. Mas os dias se passaram e ele não chegou.

Chegou o tempo com as suas cobranças. Chegaram os gritos do pai dizendo que não aceitaria filha perdida com filho nos braços. A mãe chorando pelos cantos e rezando com desespero, pedindo por sua filha, por sua pobre família, e acendia velas fazendo secretas promessas. O irmão reagia com um silêncio de raiva e vergonha.

Uma tarde, uma amiga veio dizer a Jane que Luís tinha sido visto na cidade, estava de volta. O que fez o coração de Janice arder de alegria. E, sem tardar, acendeu velas para os santos de dona Lica, sua mãe, em antecipados agradecimentos, passou ferro no vestido novo, escolheu uma fivela que usaria no cabelo, fez um bolo de macaxeira (sabia que ele gostava). E, mais uma vez, esperou.

Os dias continuaram a passar. Mas o rapaz não chegou. Também não chegaram seus recados e nem a flor que anunciaria a sua volta. No entanto, o pai já não gritava nem fazia juras nascidas do ódio e da ira. O irmão agora já falava um pouco mais e até sorria. A mãe continuava a rezar, talvez agradecendo ou fazendo outras promessas, cheia de angústia.

Em um determinado ponto do caminho, Jane virou-se para a direção de sua casa. Dava para ver um pedaço do telhado. Dali a poucas horas, sua mãe acordaria. Novas lágrimas correram pelo seu rosto, já experimentando a saudade. Tudo ainda parecia adormecido. Só os pássaros faziam algazarra, anunciando um novo amanhecer.

Jane caminhava com passos mais rápidos, aproximando-se do açude que estava cheio graças às últimas e generosas chuvas. As últimas estrelas já haviam desistido de resistir e deixavam todo o céu para o sol que era bem maior.

A triste moça olhou por um breve instante a sua imagem trêmula e, sem mais nada esperar, pulou na água fria e turva. A pedra que amarrara no pé a puxava rapidamente para o fundo, entretanto, enquanto descia, subitamente, viu Luís, como alguém que já há alguns dias habitava aquele mundo. Então ela quis gritar para que ele a ouvisse, estendeu-lhe os braços, fez um esforço para chegar mais perto. Não conseguiu, pois ali não se admitia barulho, gritos de alegria ou desespero. Sem conseguir gritar pelo amado, Jane apenas sorriu.

Por alguns instantes, ainda se perceberia a agitação de vida naquelas águas. Mas quando o dia finalmente despertasse, com suas lutas, desesperanças, medos e aflições, tudo estaria novamente calmo e silencioso.

Tendo acompanhado esta moça até aqui, alguns, seguindo o olhar da triste mulher, verão o corpo de Luís, preso e já disforme, nestas águas. Terão, assim, respondidas algumas de suas perguntas. Outros não entenderão o porquê de uma planta com seus galhos, coberta pelas águas, causar um tal sorriso no rosto de uma mulher que se afoga. Haverá ainda quem ache patética esta cena. Estes sabem o quão repetidas são as histórias de amor.

SENSAÇÕES

Sensação de estar viva

Um, dois, três... (abriria os olhos no cinco) quatro, cinco. Sim, ele ainda estava ali. E ela também. Sorriu de satisfação. Ficou estudando aquele rosto tão próximo do seu. Adormecido. Mas que havia acordado em seu corpo, em sua pele, em seu ser, sensações já há muito adormecidas. Estava viva. Estava feliz.

Os olhos dele se abriram e a boca murmurou algo que ela não compreendeu. Sorriu apenas, meio sem jeito, para dizer que não entendeu. Na verdade, não sentia vontade de dizer nada, de entender nada. Ali não era preciso. Mesmo em casa já há muito tempo não sentia vontade de falar muita coisa. Quando falava aparecia sempre alguém para discordar, rir, condenar... E ela foi pouco a pouco calando. Ela, a burra. Ela, a que estava sempre errada. Ela, a que nada sabia. Nada sabia? Perguntassem àquele homem que agora dormia se ela não soubera conquistá-lo. Fechou novamente os olhos e novamente sorriu de satisfação. Há quanto tempo não transava assim? Não se entregava com gosto? Com gosto!

O gosto foi se perdendo com o tempo. A vida pouco a pouco ia tirando o gosto de tudo. Tirou o gosto do casamento, do estar junto, do dividir a vida... Tirou o gosto do amor. A vida é assim mesmo. É? Era o que diziam sempre. Mas neste momento ela ousava duvidar. E muitas outras dúvidas brotavam... Naquele momento, ela podia tudo. E tudo era muito relativo. Só o prazer tinha sido absoluto. E tinha deixado em sua boca, em seu corpo, em sua mente aquele gosto bom de vida.

Levantou e olhou de novo aquele homem ali deitado. Agora de outro ângulo. E só agora pode olhar melhor o seu corpo de homem, que ela dominara. E mais uma vez uma única e forte sensação percorreu todo o seu corpo fazendo querer mais: estava viva.

Sensação de ser livre

Quando o (agora seu ex-) marido fechou a porta atrás de si, não soube bem o que pensar. Foi para o banheiro, despiu-se vagarosamente, como quem tira a roupa para um homem, e entrou embaixo do chuveiro. Sentiu a água que escorria por todo o seu corpo. Abriu um pouco as pernas e deixou se acariciar pelo toque morno que lhe lambia todo o corpo. Fechou os olhos e ficou ali... Sentindo...

Sim. Apenas sentindo que estava viva e só por isso ainda podia mudar muita coisa. Já havia começado. Mudou quando se entregou aquele homem que não era o seu marido e gostou. Mudou quando teve coragem de desfazer um casamento de tantos anos. Mudou quando teve enfim coragem de mudar.

Secou o corpo e saiu nua pela casa com uma deliciosa sensação de liberdade que passeava por toda a sua pele e entrava pelos seus polos. Livre. Ela sentia-se livre. E, durante todo aquele dia, não mais vestiu a roupa.

Sensação de poder

- Você não podia ter feito isso. Está louca? Claro que está! Deixar um marido por um homem que nem conhece bem. Trair o marido e depois mandá-lo embora! Como pôde? Como pôde?

Não sabia bem como explicar, mas aquelas últimas palavras de sua irmã provocaram-lhe algo agradável. Sim. Traiu o marido e depois o mandou embora. E por que não? Quantas vezes traiu a si mesma? A vontade que tinha de gritar tudo o que havia descoberto... Que ela podia sim. E por que não? Transar com outro que lhe dera prazer e a fizera sentir-se viva? Claro que podia! Desfazer um casamento que a aprisionava? Podia, podia, podia!

Sem dizer nada, no entanto, levantou-se, abriu a porta e saiu, deixando a irmã mais velha com a sua indignação.

Olhou para a rua e seguiu com um vento leve batendo em seu rosto e uma certeza cheirando a coisa nova de que podia... Sentiu que podia e novamente sorriu enquanto caminhava. Embora estivesse vestida, novamente se sentiu nua, disposta a vestir-se de novas sensações.

ROSA BRANCA

Sentada no degrau da porta de sua casa, com o queixo apoiado em uma das mãos e o olhar perdido no nada, Rosa Branca pensava. Podia, é claro, estar pensando em várias coisas, mas naquele momento pensava apenas em seu nome.

- Rosa Branca... – murmurou baixinho, mais para ouvir.

Sempre gostara do som: Rosa Branca. Principalmente quando era o seu pai que pronunciava, mas neste momento ouvia o próprio nome com desagrado. Caso se chamasse Bárbara, como sua irmã, teria mais coragem e ousadia?

Nem sempre aprovava o que Bárbara fazia, mas esta jamais precisara de sua aprovação para fazer qualquer coisa. A caçula enfrentava os pais, vestia-se, maquiava-se, escovava bem os cabelos e, então, parecia pronta para enfrentar e aproveitar a vida, com suas barreiras e sabores. Enquanto isso, Rosa Branca ficava ali, cada vez mais pálida, cada vez menos rosa.

Fisicamente, Bárbara não era mais forte ou mais alta, talvez até nem mais bonita. Porém, sempre demonstrara muita coragem, mesmo diante da severidade do pai. Por isso viveu tantas coisas. Quanto a si mesma sempre foi detida pelo medo. O seu já tão conhecido temor de magoar o pai e a mãe, de não ser aceita, de se ferir, de ser rejeitada, de enfrentar, de... eram tantos. Mas o de agora era de ter medo por toda vida.

Ouviu uma gargalhada. Levantou um pouco a cabeça e viu duas moças que passavam rindo com mais deboche que alegria. Talvez esta fosse a fórmula. Rir, rir muito, rir alto, rir simplesmente. Ela gostava de rir (quem não gostava?).

Mas só ria quando estava alegre ou havia algo engraçado. Rir assim debochadamente nunca rira, nem sabia como fazer.

Ensaiou uma sonora gargalhada. Lembrou a tempo que estava na calçada e se conteve. Assim como fizera sempre. Conteve-se. Encolheu-se, abraçando com força os próprios joelhos e tentou lembrar-se de alguns momentos em que rira com vontade. O pai fazendo-lhe cócegas na barriga. O cachorrinho lambendo seus pés. O filme "O Alto da Compadecida" (quantas vezes assistira mesmo àquele filme?). Renato, seu bom amigo, fazendo caretas e, neste instante, um risinho desenhou-se em seus lábios. Renato, só um amigo... apenas um amigo. E ao invés de continuar sorrindo, sentiu vontade de chorar.

E uma nova ideia se formou em sua mente. Como seria a vida daquelas que podiam ser chamadas de Rosas Vermelhas? Quais seriam as suas dores? Teriam? Claro que sim, pois dores todas têm. Mas quais seriam?

Mais uma vez seu pensamento foi interrompido. Um rapaz passou tão perto que pôde sentir seu cheiro agradável de quem acabara de tomar banho. Não se lembrava de já tê-lo visto. Não era exatamente bonito, mas fazia-se notar. Tinha passos rápidos e falava ao telefone. E foi sem parar que olhou Rosa Branca. Seus olhos se cruzaram tão brevemente que ele não se deu conta do que viu lá no fundo daquele olhar. Quem sabe se não estivesse com tanta pressa? Ela sentiu uma espécie de arrepio e viu um sorrisinho nos lábios do rapaz e não soube se era para ela ou devido à conversa por telefone. Já não a olhava quando disse:

- É exatamente o que eu quero... –

Apertou mais os joelhos e neles encostou a cabeça, assumindo fisicamente a forma de uma rosa. Uma rosa ainda em botão.

-É verdade que algumas rosas nunca desabrocham? – Agora era um garotinho que, saltitante e curioso, passava com um homem que podia ser seu avô.

O velho jardineiro, que talvez ainda tivesse nas mãos as marcas de espinhos e algum perfume, disse como quem responde a uma pergunta feita há muito, muito tempo:

- Há rosas que não nasceram para serem colhidas.

SER MARIA

Primeiro ela foi fruto. Pequeno, doce e cheio de sumo-lágrima. Mudara de cor, de textura de pele, de tamanho e, finalmente, de sabor. Quando tenro fruto, mais doce e mais fácil de segurar na mão. Fruto daquela árvore-mãe que um dia se deixou apaixonar pelo assovio-canção do vento que nunca se aquieta, que jamais se deixa prender, que apenas cumpre a maldição de não se permitir conquistar. Ser errante aquele que canta, penetra por entre galhos, agita e vai embora. Nada sabe das folhas que fez cair, das flores que transformou, de árvores que pôs no chão. Conhece tão somente a liberdade de campos abertos, a coragem de entrar e sair das ruas e becos das cidades, o desprendimento de quem sempre segue sem em nada se deter. Era o vento homem, como tantos homens-vento que vida afora conheceria.

Depois ela foi flor. "A ordem foi alterada, menina." Diria aquele seu jovem professor de Biologia. "Ah, não foi não." Isso agora é o que replicará com voz firme o leitor que já tiver conhecido alguma Maria. E se não conheceu, acredite-me: primeiro ela foi fruto, depois foi ela flor.

De cores vivas, perfume atrativo e pétalas macias, foi toda ela florida. Botão atrevido que muito cedo anuncia o seu desabrochar. Pobre menina-flor dizendo de espinhos não precisar, pois com belezas e perfumes conquista-se o mundo. Não tardou tornar-se amiga do sol, gostava de luz e de calor. E, tantas vezes, inebriada de orvalho, cheia de desejos, bebia raios de luar.

- Invejável coragem dos jovens que se arriscam assim. – Pensa timidamente aquele arbusto já velho e de sonhos controlados.

Também apreciava a noite com seus banhos de estrelas e mistérios de luar.

Tornou-se árvore como exigia seu destino. Suas raízes já estavam fincadas. Seu tronco robusto e forte, sabia que, muitas vezes, a vida pesava. Pejada, foi alimento para os seus frutos. Frondosa, foi sombra para tantos que se aproximavam. Folhada, foi ninho para pássaros de sonhos. Na seca, tirou de suas entranhas um resto de sumo da vida. Resistiu. Ferida, deixou que lágrimas quentes escorressem. Esperou. Chegou o tempo de reviver. Insistiu.

Tombada, aprendeu que era ainda semente. Experimentou a dor e a força de ser Maria. A resiliência do ser fêmea. A coragem do ser mulher.